LES OISEAUX RARES

Du même auteur

Théâtre

La Trilogie d'Alexandre
Les Piqueurs de glingues, 2017

La Mante
Éditions de l'Amandier, 2014

En haut !
Lansman Éditeur, 2014

Gloria Vénus au Paradis
Éditions de l'Amandier, 2011

Les Culs de plomb
Éditions de l'Amandier, 2010

Manouche pas touche !
Éditions de l'Amandier, 2008

Le Choix des t(h)ermes
Éditions de l'Amandier, 2006

Dans la peau
Prix ARDUA des premières réalisations
Éditions du Laquet, 2003

Anne 2032
Prix de la Fondation Charles Oulmont
Éditions du Laquet, 2001

Poésie

L'Éclat du samouraï
(version bilingue franco-espagnole)
Amotape Libros, Pérou, 2014

HUGO PAVIOT

LES OISEAUX RARES

Roman

ÉDITIONS DU SEUIL
57, rue Gaston-Tessier, Paris XIXe

L'auteur a bénéficié pour l'écriture de ce livre
du soutien de la région Île-de-France,
dans le cadre du programme « résidences d'écrivains ».

ISBN 978-2-02-143425-5

www.seuil.com

Pour Sophie, Baptiste et Mila

La tempête menace de renverser le canot qui déjà manque de sombrer sous le poids des hommes serrés les uns contre les autres. C'est la nuit. La peur se lit sur les visages éclaboussés d'écume et pourtant ils sourient. Mieux vaut nourrir les poissons que dépérir lentement sur la terre. La jeunesse du pays coule comme les gouttes d'un tuyau percé. L'avenir depuis longtemps s'est exilé sur la rive opposée. Certains disent qu'il n'est pas rose, mais il vaut mieux que l'ennui et le carcan des traditions qui pressent comme un étau. La vague qui se forme et avance droit sur eux ne manquera pas de les briser aussi. Au moins, ça ira vite. Ce sera moins long qu'une vie à attendre ou à courber l'échine. La côte n'est pas loin mais la mer lui oppose son immensité. Devant eux, la lame se gorge de la colère accumulée dans les abysses. La nuit est calme au-dessus des flots démontés. Les hommes rient et se mettent à chanter. La vague est haute maintenant comme un immeuble de trois étages. Ils n'ont plus peur. Le chœur se perd dans la nuit sans écho. Au moment où la vague s'apprête à engloutir leurs rêves, Achir se réveille en sursaut au milieu des draps trempés de sueur. Le contenu du cendrier est renversé sur le carrelage. Sa main a dû le heurter dans un spasme. Il hésite à rallumer le mégot du joint qu'il a fumé la veille pour s'endormir. Il se ravise et se lève pour ouvrir la fenêtre. Il a la bouche sèche. Il a soif. Il enfile un jean et un tee-shirt. Il se dirige pieds nus vers la cuisine. En traversant le couloir, il prend soin de fermer la porte de la chambre de son oncle qui ronfle comme un ours dans sa grotte. Penché sur l'évier, il boit et se passe de l'eau sur la figure. Il a mal au crâne. Il a trop bu aussi. Il a faim. Il se prépare un sandwich avec le reste d'omelette qu'il trouve dans le frigo et deux tranches de pain rassis. Il saupoudre de paprika et d'un filet d'huile d'olive. Il n'y a plus de café. Il met la bouilloire à chauffer pour se faire un thé. Il ajoute un morceau de gingembre, une cuillerée de miel et une tranche de citron. L'estomac plein, il se rend à la salle de bains. Il avale deux comprimés d'aspirine et se glisse sous la douche. Il reste un long moment sous le jet d'eau chaude. Son cauchemar se dissout peu à peu dans la vapeur savonnée. Hier soir, il s'est fait peur. Il a trop fumé et est sorti de son corps. Il s'est envolé mais n'a pas pu traverser le plafond. Il s'est regardé. De haut, il a l'air d'une carcasse échouée. L'eau est brûlante et le ramène à la vie. Il pense à Mounia. Elle lui plaît. Il n'osera jamais lui dire. Mounia est une artiste. Qu'est-ce qu'elle ferait avec lui ? Il ne sait pas s'il va partir ou rester. Il retarde sans cesse l'échéance. Ici, c'est chez lui. Il ne connaît rien d'autre. Mounia voyage. Elle expose à l'étranger. Lui n'aura jamais de visa. Ça ne l'angoisse pas. Pas encore. Est-ce qu'il se résigne comme les autres ? Son rêve lui dit que non. Est-ce qu'il se résigne à perdre Mounia avant même d'avoir essayé ? Ils dorment ensemble, parfois. Il ne se passe rien. Il est un ami. Un grand ami. Juste un ami. Il voudrait arrêter de penser et se rouler un autre joint. Ou deux. Ou trois. Son corps dit non. Il faut qu'il bouge. Il faut qu'il parte. Juste un peu. Pas loin. Pas de l'autre côté de la mer, non. Quelque part. Ce sera déjà bien. S'il fume, ses yeux rouges le trahiront. Il est en sursis depuis qu'ils l'ont arrêté avec deux grammes. Qu'est-ce que c'est, deux grammes ? S'il se fait prendre encore, adieu vraiment le visa. Adieu les plans sur la comète. Adieu Mounia. Ils ne le lâcheront plus. Ils l'auront à l'œil. Faut dire qu'il fait tout pour, avec ses dreadlocks à faire pâlir un Jamaïcain. Il ne passe pas inaperçu. Mounia dit qu'il ressemble à Corto Maltese, version rasta. Lui, il veut juste vivre en paix. Au moins avec lui-même. L'air de la nuit est frais et achève de le ranimer sur le chemin du garage. Son oncle retape des voitures de collection. Il l'a pris comme apprenti. Achir aussi, un jour, aimerait avoir sa propre affaire. Ce sera un mélange de garage et de galerie. Des artistes répareront et décoreront des bagnoles. Elles seront exposées comme des œuvres d'art. Ça fera café, aussi. Et salle de concert. Il fera des soirées privées où on pourra boire de l'alcool. Le port du voile sera interdit pour les filles. Sauf pour Aïcha. Aïcha est une exception. Elle est musulmane mais elle fume et boit du whisky. Elle danse et se met à blasphémer quand elle est ivre. Elle va beaucoup plus loin que lui. Aïcha aura le droit de porter son voile. Des musulmanes comme ça, pas de problème. Un jour peut-être, inchallah, elle aura le droit de ne pas vivre cachée. Dans sa galerie-garage, il pourra exposer les photos de Mounia. Il aura peut-être sa chance. Les voitures sont alignées sous l'auvent. Il choisit le coupé sport. Il a besoin de vitesse. Il laisse un mot à l'intention de son oncle sur la table du bureau. Il sera de retour avec la voiture dans l'après-midi. Il roule. Le jour se lève. Alger rapetisse dans le rétroviseur. Rouler. Juste rouler. Le bolide avale la route. Les pylônes défilent au garde-à-vous dans la lumière des phares. Rouler. Il allume une cigarette. Le son des basses pulse dans ses veines. Rouler. Ne pas penser. Le soleil lévite comme une orange sur l'horizon. Il accélère. Fuir son cauchemar n'est pas la solution, mais il est en mouvement. L'aiguille du compteur de vitesse se bloque comme son corps au plafond. Le moteur hurle. Il a bien fait d'emprunter le coupé. Il roule. Droit devant. Musique à fond, ne pas penser. Accélérer. Encore. Direction Tipaza. Il aime aller à Tipaza. Il est chez lui, au milieu des vestiges romains. Son avenir aussi est en ruine. Il va partir, c'est sûr. Ici, il n'y a rien à espérer. Un jour, il partira loin. Ne pas penser. Il fume. Avaler les kilomètres comme autant de couleuvres. Plus vite. Son pied écrase la pédale. Ce pays le fait ralentir. Le soleil monte et ressemble maintenant à un citron derrière la vitre. La police attend au carrefour. Ralentir. Ou alors ce sont les gendarmes. Ou l'armée. Il baisse sa vitre pour chasser la fumée de cigarette. Des fois qu'ils croient qu'il fume un joint. Il porte la paix dans ses cheveux. Contrôle d'identité. Il les rend nerveux. Dans son pays, il y a des uniformes à chaque carrefour. Où que tu ailles, ils sont là. Il habite un des pays les plus riches et son peuple, qui est un des plus pauvres, porte beaucoup trop d'uniformes. Il abaisse la vitre et offre son plus grand sourire. Salam alaykoum. Il tasse juste ce qu'il faut les épaules pour avoir la paix. La paix qu'ils ont confisquée là-haut. Il passe le barrage. Le moteur rugit. Il appuie le pied sur la pédale de l'accélérateur. Remonte la vitre. Allume une nouvelle cigarette. Il met le volume au maximum. Il ne ressent pas la colère. Il roule vers Tipaza à fond sur la bande d'arrêt d'urgence. Encore un pied de nez aux guignols. Son application lui indique les radars. Rouler. Ne pas s'arrêter. Il aime son pays qui est aussi celui de Mounia et sera peut-être celui de leurs enfants. S'il ose un jour.

Son assiette est encore pleine. Sihem sait qu'il ne la touchera pas. Il avalera peut-être une bouchée. Ou deux. Ou rien. Le ballon de rouge à moitié plein attend d'être englouti selon le rituel. Il le garde toujours pour la fin. Quand les autres ont déjà fini leur dessert. Il le termine avec le café. Allongé, pour ne pas affaiblir le cœur. Comme toujours, il regarde droit devant. Elle ne parvient pas à saisir ce regard. L'auxiliaire de vie débarrasse les assiettes avant d'apporter la salade de fruits. Il refuse d'un geste poli de la main. Sa voisine lui dit qu'elle aurait préféré une tarte aux pommes. Le vieux ne répond pas. Il ne parle jamais à table. Est-ce qu'il s'ennuie ? A-t-il choisi d'être là ? Après avoir fini son verre de vin, il se lève péniblement en même temps que les autres résidents. Il se dirige vers la terrasse. Le rituel continue avec une cigarette. Il fume dans le même silence religieux. Indifférent aux apostrophes des vieilles qui font comme s'il leur répondait. Elle a remarqué qu'il n'est entouré que de femmes. Les hommes l'évitent autant qu'il les fuit. Pourquoi ? Les vieilles en tout cas n'ont d'yeux que pour lui. Elles attendent le moment où, la cigarette finie, il va se mettre à raconter des blagues ou réciter des poèmes. Il connaît des dizaines de poèmes par cœur et adore taquiner ces dames avec des plaisanteries gauloises. Émile est la vedette de la résidence mais personne ne l'appelle par son prénom. Pour tout le monde, il est Zapata. En référence à sa grand-mère mexicaine qui a participé à la révolution de 1910. Elle a quitté le Mexique pour la Russie et a donné naissance à une fille. Elle l'a baptisée Emiliana en hommage au guérillero. Ses rêves évanouis après l'échec du soulèvement prolétaire, la grand-mère d'Émile a vu dans la révolution d'Octobre une seconde chance d'assouvir ses idéaux de justice sociale. Habitée des mêmes pensées politiques que sa mère, Emiliana s'est engagée en 1936 dans les Brigades internationales où elle a fait la connaissance de Léon, le père d'Émile. Emiliana a baptisé son fils Émile pour honorer son ascendance révolutionnaire. Émile n'est pas peu fier d'être né en 1936. L'année du Front populaire et des congés payés. Emiliana est morte en Espagne en 1938. Émile a été élevé par son père jusqu'en 1944. Léon, qui faisait partie d'un réseau de résistance, a été guillotiné par les Allemands la veille de la libération de Paris. Orphelin à l'âge de huit ans, pupille de la nation, Émile a passé plusieurs années à l'Assistance publique et dans des familles d'accueil. Il s'en est sorti et a hérité de ses aïeux un tempérament enflammé. Il a lancé des pavés sur les CRS à Saint-Michel en 1968. Sihem l'a entendu plusieurs fois raconter son histoire aux autres résidents. Aux résidentes, plutôt. Une fois, il a dessiné son arbre généalogique pendant un atelier mémoire auquel elle a pu assister. Du côté de son père non plus, les ancêtres animés de convictions ne manquent pas. Honorin, le père de Léon, soit le grand-père d'Émile, aurait été le nègre d'Henri Barbusse. Un écrivain célèbre qu'elle ne connaît pas. Elle se rappelle le titre de ce roman qui a obtenu le prix Goncourt en 1916, dont il aurait écrit plusieurs passages. *Le Feu*. Malheureusement, aucun document n'a pu en apporter la preuve puisque Honorin a été fusillé pour l'exemple en 1917 après avoir refusé de porter les armes. Toutes ses affaires ont été détruites, son secret avec. Jules, le père d'Honorin, est mort en janvier 1871 en défendant la redoute du Moulin de Saquet, à Vitry, et le fort d'Ivry pendant la Commune de Paris. Émile n'a pas pu remonter plus loin dans son arbre mais il est sûr que d'autres aïeux n'ont pas été en reste en 1789. Le sang ne saurait mentir. Elle envie ce passé glorieux. Même si Émile a eu une vie modeste, ses ancêtres lui ont donné le goût de l'engagement. La confiance en soi qui lui manque tant à elle. Elle l'a entendu au cours de l'atelier : J'ai passé ma vie sur les chantiers. En devenant contremaître, j'ai rendu hommage à ma famille. Ni Dieu ni maître. Elle aurait aimé avoir un grand-père comme Zapata. L'hiver, elle se serait calée sur ses genoux. Il lui aurait raconté l'histoire de la famille. Elle se serait sentie venue de quelque part.

Les choses auraient été claires. Le destin tout tracé. Il y aurait eu un feu de cheminée et des cadeaux à Noël. Il l'aurait bordée le soir. Il aurait déposé un baiser sur son front et elle se serait endormie en rêvant d'aventures. Elle n'aurait pas douté. Elle n'aurait pas été métisse. Elle n'aurait pas attiré le regard des gens. Elle aurait eu confiance en elle. Elle n'aurait pas abandonné l'école en seconde. Elle n'aurait pas avorté sans jamais le dire à personne. Dans son coin, comme un animal blessé. Elle n'aurait pas travaillé pour cette boîte de merde à vendre des hamburgers dégueulasses alors qu'elle déteste l'impérialisme américain. Elle n'aurait pas été pleine de paradoxes. Elle n'aurait pas porté des baskets avec un logo yankee à virgule. Tout aurait été plus simple. Cadré. Logique. Difficile peut-être, mais cohérent. Elle aurait été fière. Elle n'a jamais été fière. Elle n'a jamais été capable de finir ce qu'elle a commencé. Elle a plein de projets mais elle ne va jamais au bout. Cette fois encore, elle ne sait pas si elle va y arriver. Elle a pourtant de la chance. La directrice de la résidence lui a octroyé un studio. Elle ne paye que quatre cents euros par mois. C'est déjà beaucoup mais sa prof de français s'est battue pour lui obtenir une bourse. Cette fois, elle a de la chance d'avoir été prise au microlycée. C'est un établissement pour élèves décrocheurs. Il y a un prof pour douze élèves et on les considère comme des personnes. On n'est pas renvoyé quand on arrive en retard. On ne se fait pas engueuler si on porte une casquette. On a le droit de parler comme on veut. On a le droit de rêver. Même si on n'a jamais rêvé. On s'y sent bien. Elle ne sait pas si elle le mérite. Ils vont bien finir par se rendre compte qu'elle n'est pas capable. Qu'elle ne vaut rien. Qu'ils se sont trompés sur elle. Comme chaque fois. Ils vont finir par apercevoir son vrai visage derrière le vernis. Pourtant, elle a envie d'y arriver. Elle a décroché à seize ans, maintenant elle en a vingt-trois. Cette fois, elle veut y croire. Juste avoir son bac. Après, on verra. Zapata se lève et se dirige vers les studios. Elle aimerait bien lui parler. Ça fait un mois qu'elle habite à la résidence. C'est à côté du microlycée. Elle aimerait lui parler mais elle n'ose pas. Elle n'est rien pour lui. Elle n'est rien pour personne. La preuve, il ne l'a pas remarquée. Qui l'aurait remarquée ? Elle aide les résidents deux fois par semaine pour leurs tâches quotidiennes, tout le monde est très gentil mais personne ne l'a vraiment remarquée. Personne ne l'a démasquée. N'a vu la petite fille qui pleure à l'intérieur. Personne n'a vu la haine qui lui assèche le cœur. Les flics non plus ne la voyaient pas. Pour eux, elle était une odeur. Un pull qui sentait le shit. Aucun n'a vu dans ses yeux rougis le sang pourri d'une hérédité malade. Zapata disparaît dans l'escalier. Sihem voudrait crier. L'appeler au secours pour qu'il la prenne dans ses bras. Elle ouvre la porte de son studio. Elle se jette sur le lit et éclate en sanglots en mordant le drap pour qu'on ne l'entende pas. Cet après-midi, elle n'ira pas en cours.

La pluie a cessé depuis une demi-heure. Hélène pose sa tasse de thé vide sur la table. Face à elle, une assiette de faïence récemment chinée dénote dans le vaisselier. Le ciel semble se dégager, même si le vent continue de cingler les volets de la petite maison. De la fenêtre, on aperçoit la baie de Lampaul, coincée entre la pointe de Pern et de Porz Doun comme dans les pinces d'un crabe. Au milieu de la baie, Youc'h Korz se dresse dans la tempête. L'îlot a l'air d'une météorite oubliée depuis toujours dans ce recoin du monde. Elle enfile ses bottes par-dessus son pantalon. Elle passe une polaire sur son pull en laine torsadée qui l'accompagne depuis ses vingt ans et sa première histoire d'amour. Après avoir mis son ciré et son bonnet, elle sort de la maison sans oublier de fermer le portail qui donne sur la rue. Les moutons se promènent en liberté sur l'île. Ils ont l'habitude de s'abriter dans les jardins des maisons privées. Elle se met en marche. Elle laisse derrière elle le bourg de Porsnoan puis traverse le village de

Lampaul en direction de la plage de Korz. Elle aime y descendre pendant ses promenades même si elle ne s'y arrête jamais plus de dix minutes. Il y a dans cette petite enclave de sable fin quelque chose qui dénote avec la majesté du reste de l'île. Ses yeux ne parviennent pas à s'y échapper totalement. Ils demeurent prisonniers de la pince du crabe. Cette fois, elle ne s'arrête pas. Les rafales doivent dépasser les cent vingt kilomètres par heure et lui fouettent le visage. Elles ralentissent considérablement sa cadence. Ses oreilles sifflent malgré l'épais bonnet de laine et la font un instant hésiter à faire demi-tour. Elle baisse la tête et pousse plus fort sur ses jambes, en s'éloignant du bord de la falaise. Un petit panneau l'a prévenue du danger. Le crachin glacial redouble d'adversité. Hélène sourit en pensant que c'est elle-même qu'elle affronte et non des éléments hostiles. Ses bottes s'enfoncent dans la mousse humide qui recouvre le sentier côtier. Elle prend garde à ne pas perdre l'équilibre. Quand les bourrasques lui donnent un peu de répit, elle admire, de l'autre côté de la baie, le paysage accidenté de la pointe de Pern qu'elle aime tant. Elle s'y rendra plus tard. Aujourd'hui, elle s'est fixé une autre mission. Ses jambes commencent à lui peser. Elle va faire une halte à la plage du Prat. Un thé bouillant l'aidera à repartir. Sur place, elle s'aperçoit qu'elle a oublié sa Thermos. Elle a aussi oublié son sac isotherme. Elle fixe au loin le toit du gîte qu'elle a quitté voilà maintenant un peu moins d'une heure. Elle se sent bien, assise à l'abri du vent sur un petit rocher qui a dû se détacher Dieu sait quand de la falaise. Elle inspire l'air à pleins poumons. Elle se dit qu'elle a bien fait d'arrêter de fumer. La seule pensée de la cigarette lui donne la nausée et l'envie de repartir. Elle se remet en mouvement et grimpe les marches taillées dans la roche aussi vite qu'elle le peut. La voilà revenue en haut de la falaise. Le vent, comme une lance à incendie, éteint en elle l'écœurement qui la réveille la nuit. Même ici. Loin de tout. Loin d'elle-même. On ne se fuit jamais complètement. Elle repense à son premier amour. Il lui a laissé la chaleur de ce pull. Rien ne disparaît jamais non plus. Lentement, elle approche de Porz Doun. Elle a toujours aimé marcher. Depuis toute petite. Quand elle était un garçon manqué. Aujourd'hui, elle aime être une femme. Parfois même, elle se surprend à se trouver du charme. Elle s'est toujours trouvée maladroite. Invisible. Aujourd'hui, elle est une femme séduisante. Le regard de son nouveau collègue le lui dit. Elle aime se voir à travers lui, même s'il ne l'attire pas. Porz Doun s'ouvre enfin devant elle. Si le paradis ressemblait à ce tableau, elle voudrait bien y croire. Mais le paradis n'existe pas. Jamais personne ne lui est apparu depuis l'au-delà. Son paradis à elle est un coin d'île recouvert d'une moquette de mousse verte, avec au loin, le phare de la Jument qui serait le purgatoire. Elle est partie depuis deux heures et la voilà arrivée. Devant ses yeux, l'océan déborde comme l'eau d'une casserole sur le feu. Elle s'imprègne. Comme une éponge, elle boit la scène pour ne rien en perdre. Ne rien manquer.

Elle avance dans le tableau et se sent bien. Des bandes d'oiseaux sondent le sol à la recherche de nourriture. Elle progresse dans le tableau et alors elle les voit. Elle les distingue à quelques mètres d'elle. Cette fois, ils sont bien là. Ils fouillent la mousse et ignorent sa présence. Elle se rapproche délicatement pour ne pas les effrayer. C'est bien eux. Elle a réussi. La troisième tentative cette semaine aura été la bonne. L'année dernière, elle les avait ratés. L'année d'avant aussi. Elle les voit pour la première fois. C'est un ravissement impossible à décrire. Elle ne les connaissait qu'en dessin ou en photo. Depuis l'enfance, elle a la passion des oiseaux. Ils la rassurent. Elle se récite souvent leurs noms pour se calmer. Le chevalier solitaire la rend amoureuse. Le pipit farlouse la fait rire. Sur l'île, elle les a presque tous observés. La grive musicienne. La tourterelle turque. Au fil des saisons, la rousserolle effarvatte ou la locustelle fasciée. Le gobe-mouches noir ou la fauvette pitchou. Elle les connaît tous. Le bécasseau rousset. La sterne pierregarin. Le traquet motteux. Sans oublier le bruant jaune, le goéland argenté, le cormoran huppé. L'huîtrier pie ou le pétrel tempête. La liste est longue. De passage ou résidents permanents, ils suscitent tous en elle une émotion unique. Même les plus anodins trouvent grâce à ses yeux. Les étourneaux. Les alouettes. Les bouvreuils. Les merles noirs, les hirondelles de cheminée. Les chardonnerets ou encore les moineaux. Elle a même pu observer le faucon crécerelle, le seul rapace vivant sur l'île. Maintenant ils sont là. Tout près. Ceux-là sont à part. Ils sont moins impressionnants que d'autres espèces rares. Moins flamboyants. Pourtant, ils la fascinent. L'un d'eux l'aperçoit et la regarde. Elle s'approche encore et il s'éloigne en sautillant. Elle s'arrête à nouveau. La bande continue de piquer la mousse à la recherche de vers. Elle a oublié sa paire de jumelles. Elle refait un pas. Deux. Trois. Ils s'éloignent encore. Elle renouvelle le manège. Ils la tolèrent. Elle a la sensation de danser avec eux. Elle rit. Elle a réussi ! Elle a fini par les voir en vrai. Les craves à bec rouge qui la fascinent depuis toujours. Ce sont de gros corbeaux avec un bec et des pattes rouges. Ils portent le deuil avec un nez de clown. Elle leur ressemble. Elle est une prof comme les autres, mais pas tout à fait. Elle regarde le phare de la Jument et se dit qu'elle aussi, peut-être, empêche ses élèves de s'échouer sur les récifs d'une société hostile. Certains, en tout cas. Délicatement, elle sort son portable de sa poche et se rapproche des oiseaux. Elle ajuste le zoom et les prend en photo pour immortaliser l'instant. Demain, il y aura un nouveau défi. Une autre échéance. Une autre route à suivre. Hélène resserre la capuche de son ciré par-dessus le bonnet de laine et s'éloigne en souriant en direction d'Arlan.

Le kiné ne va pas tarder. Émile finit de ranger. D'entasser encore un peu plus. Dans son studio, les cartons s'empilent jusqu'au plafond. Il ne s'est jamais résigné à tout déballer. Pour quoi faire ? Les choses sont bien comme elles sont. Rangées dans leurs boîtes comme dans les cases de son cerveau. Chacune à sa place. Dans un studio où il n'y a plus de place. Il aime bien le kiné. Avec lui, il rit. De tout et de rien, mais il rit. C'est un Portugais qui lui ramène toujours un petit quelque chose de ses voyages au pays. Il lui a déjà offert trois coqs. Émile a eu la politesse de ne rien dire. Les volatiles sont là, quelque part dans les cartons. À l'abri de la vue. Au cas où Joao aurait l'idée d'en ramener un quatrième dans ses valises. Joao est un des seuls représentants du genre masculin dont Émile supporte la compagnie. Après des décennies passées sur les chantiers, il préfère définitivement la sensibilité des femmes. Il a bien eu un ami, avant, mais maintenant il est gâteux. Norbert habite une autre résidence. Pas pour longtemps. À terme, ils ne vont pas pouvoir le garder. Il est bon pour la maison de retraite. Avant, Norbert était serrurier à Paris, rue des Archives. Il se tient désormais devant sa dernière porte et rejoindra bientôt les archives de la vie. Ils se sont bien marrés, même quand Norbert a commencé à perdre la boule. Ça faisait rire Émile. Maintenant, ça ne le fait plus rire du tout. C'est pour ça qu'il s'est inscrit à l'atelier mémoire. C'est la seule activité à laquelle il participe. Il aurait bien tenté la chorale, un rêve de gosse, mais il chante comme une casserole. En vérité, ç'aurait été pour être avec Yvonne. Émile et Yvonne ont eu une aventure qui a duré vingt-deux ans. Une histoire entrecoupée de longues pauses, mais une histoire quand même. S'ils n'ont pas été un couple, il éprouvait une forme de tendresse pour elle. Il lui en a fait baver. Il a toujours pensé que de son côté, elle était amoureuse. Un jour, elle a décrété que c'était fini. Du jour au lendemain, terminé. Elle a décidé que ce n'était plus de son âge. Elle avait dû conclure qu'il ne valait pas mieux que les autres. Elle est morte à l'hôpital d'un cancer du poumon. Heureuse de partir avant sa petite-fille atteinte de mucoviscidose. Yvonne trouvait insupportable l'idée que sa petite-fille puisse mourir avant sa grand-mère. Elle a donné son corps à la science. Elle avait dit à Émile : Je veux faire avancer la recherche. Il y a une photo d'elle qui traîne quelque part dans un carton. Elle a été prise à l'occasion de son premier jour de classe. Yvonne était institutrice. Elle a une vingtaine d'années sur le cliché et porte une robe à fleurs. Sur le mur, à l'arrière-plan, il y avait un crucifix. Émile l'a fait disparaître d'un trait de marqueur. La séparation de l'Église et de l'État, c'est pas pour les chiens. Si une conversation glisse sur le terrain de la religion, il dégaine. Les curés, il a le derrière qui s'en souvient. Il a jeté sa colère aux oubliettes mais les effluves remontent au souvenir de ses années de pension. Bientôt dix heures. Émile n'a pas fait ses exercices. Il a l'impression de porter toute la journée un sac de ciment sur le dos. Ce n'est plus une maison qu'il construit, mais sa tombe. Après tout, quand on voit ce que devient le monde. Il y a toujours autant de guerres, et l'argent est le nerf de la guerre. C'est fou ce que les vieux trimbalent comme bombes dans leurs souvenirs. De coups de machette dans leurs cauchemars. De coups de feu dans leurs nuits blanches. Il pense à monsieur Ving qui a dix ans de moins que lui et en paraît vingt de plus. Pol Pot lui a volé sa vie et sa famille en 1975. Depuis, il erre comme un fantôme à la recherche de sa raison perdue. Monsieur Ving ne parle plus depuis 1975. Émile est mal à l'aise en sa présence. Comment peut-il se dire gauchiste et fier de l'être quand le régime cambodgien se disait communiste et que les Khmers étaient rouges ? Il évite monsieur Ving. Tout le monde évite monsieur Ving. Personne ne veut penser à son frère assassiné et torturé au camp S21. À sa femme tuée d'une balle dans la tête devant ses yeux. À sa fille violée et noyée. À son fils mort dans le ventre de sa mère. Émile pense à cette femme congolaise dont il ne parvient pas à retenir le nom. Elle refuse de parler de son pays, de peur d'être assassinée par les soldats tapis dans les profondeurs de son exil. Il pense à cette jeune aussi, et se demande ce qu'elle va devenir. Elle vient d'arriver à la résidence. Elle est lycéenne, il paraît. Elle a l'air bien vieille pour une lycéenne. Il a cru comprendre qu'elle est dans un établissement spécial. Encore une qui a poussé de travers. Une mauvaise herbe qu'on a arrachée d'un jardin d'enfants qui ne ressemblait pas au paradis. Avec ses vêtements larges, on dirait un poireau perdu dans un sac de patates. Elle n'arrête pas de l'observer. Il l'a remarqué. Est-ce qu'elle va lui jeter des cacahouètes, bientôt ? Est-ce qu'il lui fait peur, avec sa peau ridée qui tend vers le jaune, sa patte folle et ses trois cheveux sur le caillou ? Elle aurait bien raison de se moquer. Il ne ressemble plus à grand-chose. Il est une pièce dans un musée. Son dos lui fait mal mais il ne fait jamais ses exercices. Joao va faire semblant de ne pas être content. Ce sera pareil la prochaine fois. Un jour, la jeune finira par lui demander : Je peux vous aider, monsieur ? Ce jour-là, tout sera foutu. Il ne veut pas qu'on l'aide. Il veut qu'on lui fiche la paix. Bien sûr, il y a ceux qui ont choisi la résidence pour ne plus être seuls. Pour voir du monde. La solitude ne lui fait pas peur. On va tout seul dans le trou. Il est venu ici comme il serait allé ailleurs. Le hasard a toujours aiguillé sa vie. S'il n'avait pas travaillé ni vécu dans cette ville, il serait autre part. Dans une résidence ou n'importe où. Qu'est-ce que ça peut faire ? Jeune ou vieux, on n'est toujours qu'une moule qui tente de s'accrocher à un rocher. Son dos l'élance et il pense à cette lycéenne que lui aussi, s'il se l'avoue, observe du coin de l'œil depuis son arrivée. Elle doit venir du Maroc ou d'Algérie. De Tunisie peut-être ? Moitié de là-bas, moitié d'ici. C'est ce qu'il dirait. Au premier regard, comme ça. Ça ne doit pas être facile d'être mélangé. Soit les parties s'entendent pour garder le meilleur de chacune, soit elles s'affrontent pour tenter de dominer l'autre. Ce n'est déjà pas facile d'être moitié normand, moitié breton, alors français et arabe… Deux couleurs. Deux traditions. Deux religions. À nouveau les effluves qui remontent des oubliettes. Au diable les religions ! Qu'est-ce qu'il fout, Joao ? C'est bien la première fois qu'il est en retard. Il est toujours là à dix heures pétantes. Qu'est-ce qu'il a, à le laisser divaguer comme un vieux sénile sentimental ? Émile laisse passer une dizaine de minutes avant de décrocher son téléphone. Il se souvient et se sent bête en raccrochant. Il a oublié qu'on est passé à l'heure d'hiver. Est-ce le début de la fin ? Va-t-il en plaisanter avec Joao ? Il n'est pas sûr d'avoir envie d'en rire. Il entend les pleurs de la jeune lycéenne à travers la cloison. Elle occupe le studio d'à côté. D'habitude il ne l'entend pas. La journée, elle est en cours. De toute façon, ils n'ont pas les mêmes horaires. Pour un vieux comme lui, être bon pour la casse est dans l'ordre des choses. Cette gamine est trop jeune pour se retrouver dans cette fourrière. Les pièces sorties d'usine, c'est pas pour les musées.

Rose marche d'un bon pas. Elle respire à pleins poumons l'air de la forêt. Sur les bords du chemin, à perte de vue, les chênes majestueux et dominateurs tolèrent des rangées de pins qui eux-mêmes concèdent un peu de terrain à de plus rares châtaigniers. Ici et là, des futaies de hêtres, ses préférés, complètent le dégradé de verts de la forêt de Rambouillet. Elle aime arpenter ses travées. Se perdre dans le labyrinthe hospitalier pour mieux se retrouver. La première fois qu'elle est venue, c'était après son divorce. Son mari l'a plantée là sans plus d'explication après la naissance de sa deuxième fille. Rose a fini par accepter de voir le psy pour tenter de remonter la pente. De sortir de ce qu'il fallait se résoudre à appeler une dépression. Pour ses filles. Elle ne pouvait pas les abandonner à son tour en s'enfermant à l'intérieur d'elle-même. Faire l'autruche, ce n'est pas son genre. Elle a joué le jeu. Pas longtemps. Elle a commencé par jeter les médicaments avant d'arrêter les séances et de remplacer sa thérapeute par une amie plus conciliante. La forêt de son enfance. Celle où elle se promenait avec sa grand-mère Mathilde. Elle adorait sa grand-mère Mathilde. C'est elle qu'elle est venue chercher dans les allées boisées. C'est à elle qu'elle a demandé de l'aide pour ses enfants. Elle y retourne quand ça ne va pas. Elle y puise les ressources sans lesquelles elle ne peut plus avancer. Les câlins de sa grand-mère agissent encore malgré la mort. Cette mort qu'elle côtoie à la résidence tous les jours que Dieu fait. Elle ne croit pas en Dieu. Comment peut-il donner la vie et la reprendre comme ça ? Mathilde lui répétait toujours : Donner c'est donner, reprendre c'est voler. Son Dieu à elle, c'est Mathilde. Point. L'autre jour, Jeanne est morte. Sans prévenir. On ne la voyait plus depuis un moment. Personne ne s'est inquiété vu qu'elle avait l'habitude de rester chez elle. Elle ne prenait pas ses repas avec les autres. Ou alors rarement. À Noël ou pour des anniversaires. Ceux des gens qu'elle aimait bien. C'est l'odeur qui a alerté l'agent d'entretien. Elle gisait sur le sol. Elle avait l'air endormie mais c'était pour toujours. Le médecin est venu constater le décès et a demandé qu'on l'aide à l'étendre sur le lit. Rose a soulevé les jambes. La gauche lui est restée dans la main. Elle avait oublié que Jeanne portait une prothèse. Aujourd'hui, elle en rit. Sur le moment, ça n'a pas été facile, même si elle préfère que les personnes décèdent à domicile. Elle n'aime pas que ses vieux pourrissent à petit feu à l'hôpital. Elle refuse qu'ils souffrent. Elle souhaite toujours que la résidence soit leur dernière demeure. Ça veut dire qu'ils échappent à la maison de retraite. Ils gardent leur dignité. Jusqu'au bout. Elle vit avec la mort mais elle n'y pense pas. Elle fait partie du métier. Rose l'accepte. La mort est dans la logique des choses. Ce qui la révolte, c'est la maladie. Elle ne craque jamais quand elle doit appeler les familles. C'est l'enterrement qu'elle ne supporte pas. Il y a quelque chose de définitif. Ça la met en colère contre Dieu qui n'existe pas. Avec Jeanne, c'était spécial. Il ne faut pas le dire, mais une directrice a forcément ses préférés. On ne le montre pas, c'est une question d'affinités. Du moment qu'on traite les résidents d'égal à égal. Les services doivent être les mêmes pour tous, il n'y a pas à déroger là-dessus. Jeanne avait toujours le sourire. Toujours un mot aimable. Elle était même gentille avec Raymonde qui est une vraie teigne. Jeanne était toujours prévenante. Prête à rendre service. C'était un caractère, aussi. Comme elle. Une femme forte. Une femme qui avait osé divorcer dans les années cinquante. C'est ça qui a dû les rapprocher. Elles n'en parlaient jamais, pourtant. On peut avoir du caractère et de la pudeur. Jeanne lui a légué son pendentif en forme de lune. Elle disait : Les gens, c'est comme la lune, ils ont un côté caché. Elle ne s'y attendait pas. Ça l'a émue. Elle le porte aujourd'hui et ça la fait sourire. Merci Jeanne. C'est une belle journée. Elle est partie tôt de Rambouillet ce matin et a emprunté la route Robert-Joly qui relie la ville à Rochefort-en-Yvelines. Elle aime cette route car elle est droite de plusieurs kilomètres. Ça la rend précieuse aux yeux des cavaliers qui peuvent y faire galoper leurs montures. Elle n'aime pas l'idée qu'on puisse monter sur un cheval au lieu de lui foutre la paix. Elle aime les animaux en liberté. Un jour, elle a vu un chevreuil qui traversait le chemin. Une femelle. L'animal s'est arrêté net et l'a regardée, immobile comme une statue. Elle s'est figée aussi pour ne pas le faire fuir. La bête a tourné légèrement la tête vers la futaie et quatre faons en sont sortis. Ils ont traversé tranquillement sous l'œil vigilant de leur mère, avant de s'enfoncer à nouveau dans l'épaisseur protectrice des arbres. La mère a semblé la remercier du regard, puis les a suivis, disparaissant à son tour. Rose en a pleuré. Des larmes de joie. Les femmes de caractère pleurent aussi. Le miracle de cette apparition, c'était un signe. La beauté peut surgir un jour triste. Elle touche le médaillon de Jeanne. Elle se sent bien. Elle a quarante-six ans. Elle dirige la résidence autonomie Auguste-Blanqui à Vitry-sur-Seine. Avant, on disait foyer pour personnes retraitées. Elle préfère le nouveau nom. Elle aime son travail. La résidence Auguste-Blanqui accueille des habitants venus de tous les continents. Elle se sent utile. Elle gère sa petite équipe avec sérieux et ça lui va très bien comme ça. La mairie lui a proposé de l'avancement, mais elle a refusé. Elle aime le contact avec les vieux. Quand elle a débuté, les foyers étaient gérés par une association. Elle était l'assistante de la cheffe. Elle travaillait au siège. Dans des bureaux. Un jour, pour remplacer quelqu'un, on lui a demandé d'accompagner une sortie à la mer. C'était à Veules-les-Roses. Cette journée a tout changé. Les chiffres se sont transformés en personnes. Parmi elles, combien de grands-mères Mathilde ? Elle a souhaité travailler en foyer. Au plus près. Elle a été nommée directrice adjointe. Un mauvais souvenir. Coincée entre la cheffe et la directrice comme la tranche de jambon au milieu du sandwich. Elle s'est accrochée. Est devenue directrice à son tour. Ça fait quinze ans et elle est toujours là. Elle est heureuse, même si la mairie a repris la gestion des résidences. La partie administrative de son travail a pris le dessus sur le social. Sur l'humain. Comme partout, elle se dit. Triste époque. C'est une époque glaciale même s'il n'y a plus d'hiver. Au moins Mathilde n'a jamais eu conscience du réchauffement climatique. Elle aperçoit les premiers toits de Clairefontaine. La marche la revigore. Ses filles vont mieux même si elles doivent faire le deuil d'un père vivant. La marche la rassure. Elle connaît cette route par cœur. Le moindre embranchement. Le moindre carrefour. Sous toutes les saisons. Elle marche sur la route Robert-Joly en direction de Rochefort et elle ne sait pas qui est Robert Joly. Elle n'ira pas sur Wikipédia pour en apprendre davantage. Pour elle, Robert Joly est un écrivain romantique. Un ancien maire de Rambouillet héros de la Résistance. Un pionnier de l'aviation. Un amant secret que sa grand-mère Mathilde a rejoint pour toujours. Robert Joly est tout ça à la fois. Ce soir elle va rentrer à la maison. Elle sera fatiguée. Ce sera de la bonne fatigue. La fatigue du corps. Comme après avoir fait l'amour. Ça fait longtemps qu'elle n'a pas fait l'amour. Il va falloir s'en préoccuper. Ses filles aimeraient-elles avoir un beau-père ? Ce soir elle va se glisser sous la couette et reprendra les mots croisés qu'elle a commencés hier. Il y a un mot qu'elle ne trouve pas. Elle aime les défis. *Couche aux grands pieds*, en sept lettres. Cette définition lui donne du fil à retordre. Les mots croisés la font réfléchir. Ils éloignent le spectre d'Alzheimer. Elle a peur de cette maladie, alors elle marche. Elle accélère le pas et pense à ses filles. À Jeanne, à sa grand-mère Mathilde et à cette énigme qui l'attend au bout du chemin : *Couche aux grands pieds* en sept lettres.

Cette nuit, Achir n'a pas rêvé. Il a fait l'amour avec Selma. Il aime s'endormir dans les magnifiques cheveux noirs frisés de Selma. Ils sentent bon. Il se blottit entre ses bras comme dans des parenthèses. Les nuits d'amour avec Selma sont des oasis au milieu du désert. Le désert occupe la majeure partie du pays, mais aussi la vie quotidienne des habitants des villes. Comme d'habitude, il s'est levé avant qu'elle se réveille. Comme d'habitude, il a claqué la porte en prenant soin de ne pas faire de bruit. Il y a un pacte entre eux. Faire l'amour, mais ne pas en parler. C'est bien comme ça. Il descend l'escalier de l'immeuble de Selma et il pense à Mounia. Le jour n'est pas encore levé. Il marche maintenant sur le front de mer. À sa gauche, les immeubles haussmanniens d'un blanc immaculé arborent fièrement leur gloire passée. Sur sa droite, la criée accueille les petits bateaux de pêcheurs qui débarquent leur poisson frais. La partie militaire du port doit être rendue bientôt aux promeneurs. Il entend ça depuis qu'il est né. Le pouvoir ne craint plus les invasions turques, espagnoles ni françaises depuis longtemps. Les colons d'aujourd'hui sont les maîtres de la haute finance. Les généraux ne craignent plus l'arrivée d'ennemis belliqueux, mais le départ d'une jeunesse désabusée. Les bâtiments militaires sont des rappels des barrières que le pouvoir érige dans les manuels scolaires. Achir allume une cigarette. Le poison du goudron est plus doux que les rengaines de la propagande. Il se glisse sous les arcades en enfilade imitant la rue de Rivoli et se demande à quoi doit ressembler l'originale. Un jour, il ira à Paris. Bientôt. Il pourra s'arrêter à une brasserie et commander une bière. Au lieu de ça, il s'installe à la terrasse du café Tantonville et commande un expresso. Serré. Il allume une deuxième cigarette et la consume en observant la façade du Théâtre national. Il n'y est jamais entré. Il a fait une fois du théâtre à l'école mais ne se souvient pas bien. Il se rappelle juste les rangées d'enfants, la main sur le cœur, tenant dans la main le drapeau national et déclamant des slogans à la gloire du régime. Une nuée de petits drapeaux vert et blanc, avec autant d'étoiles et de croissants rouges. Ce serait bien, d'aller au théâtre avec Mounia. Le jour s'est levé. Selma doit être sous la douche, ou alors déjà au travail. Selma est institutrice. Elle aime les enfants. Les enfants des autres. Il sait que Selma est amoureuse de lui. Elle est fière. Elle ne l'avouera jamais. Elle a trop peur d'avoir mal. Mounia aussi sait qu'il est amoureux d'elle. Qui n'est pas amoureux de Mounia ? Elle a fait une photo de lui un jour, pour une exposition qui a été programmée au MAMA. Il aime bien ce musée. L'exposition a voyagé au Canada, et aussi à Paris dans une galerie du Marais. D'une certaine façon, il peut dire qu'il est allé à Paris. Il est fier de ce portrait. Il lui ressemble. Bien plus que la tête qu'il croise tous les matins devant la glace. Mounia a vu clair en lui. C'est une grande artiste. Un jour, il l'emmènera à Djanet. Il lui fera visiter le Hoggar. Un jour, ils passeront la nuit à la belle étoile. Ils seront infiniment petits dans l'infiniment grand. Infiniment grands dans l'infiniment petit. Il ne sait pas si Pascal est allé dans le désert, mais on ne peut pas mieux décrire ce qu'on y ressent. Il n'a jamais lu Pascal. Ni aucun grand écrivain français à l'exception de Rimbaud. Rimbaud est allé dans le Hoggar. C'est peut-être pour ça. Rimbaud a cessé d'écrire puis est allé chercher l'aventure dans le désert. Achir se ressent parfois comme un écrivain qui aurait arrêté d'écrire avant d'avoir commencé. Il lit surtout des bandes dessinées. Il aime bien quand Mounia le compare à Corto Maltese. Un jour, ils se tiendront chaud dans le froid saharien. Tant pis s'il ne se passe rien. Être là-bas, avec elle. Juste ça. Il commande un deuxième café qu'il avale d'un trait. Il dépose la monnaie sur la table et se remet en marche en direction du Bastion 23. Il aime bien cet ancien palais des raïs devenu Centre des arts et de la culture. Sur la terrasse du palais, face à la mer, des groupes de raï ont l'habitude de répéter leurs dernières chansons. Il aime se poser dans un coin et les écouter chanter. Des filles, souvent, viennent les applaudir et tentent d'engager la conversation sous l'œil fier et amusé des artistes. Aujourd'hui, il n'y a pas de chanteurs. Il est trop tôt. Quelques sculptures abandonnées jonchent le sol. Une en particulier attire le regard d'Achir. Un squelette en papier mâché grimpe à une échelle aux barreaux sciés. Son visage dépourvu d'expression semble regarder par-dessus son épaule, en dessous de lui, à la recherche de ses jambes sectionnées. La scène est figée comme après l'éruption d'un volcan. Une des mains coupées du personnage agrippe le dernier barreau de l'échelle. L'œuvre dégage une puissance hypnotique. Achir reste un long moment à la regarder. Le ressac de la mer lui rappelle que, derrière l'horizon, le jour s'est levé aussi sur l'autre rive de la Méditerranée. Achir est fatigué. Il vient de se réveiller et pourtant il a envie de dormir. Il veut rentrer chez lui. N'ayant pas emprunté de voiture au garage, il doit appeler un taxi. Chez lui, c'est trop loin pour y aller à pied. Il appelle Abdelhakim et lui demande s'il peut venir le chercher. Il a rencontré Abdelhakim à Djanet. Abdelhakim était guide. Le meilleur. Il est tombé amoureux d'une touriste de la ville et maintenant il est chauffeur de taxi à Alger. C'est le taximan attitré d'Achir. Abdelhakim a une petite fille de deux ans et du mal à joindre les deux bouts. Il a le mal du pays. Le désert lui manque et il se demande s'il ne va pas tout plaquer et y retourner. Pour le moment, la petite le fait hésiter. Il arrive dans un quart d'heure. Achir le remercie et va l'attendre sous le kiosque de la place des Martyrs. Il allume une nouvelle cigarette et observe, devant lui, la Casbah qui agonise.

Aujourd'hui, Zapata n'est pas venu déjeuner. Il n'a pas dû prévenir, sinon son couvert ne serait pas dressé. Le petit ballon de rouge ne l'attendrait pas, rempli fièrement à ras bord, selon le rituel immuable. Sihem regarde sa chaise vide. Le brouhaha des couverts et des conversations des résidents ne masque pas l'absence. Elle aime ressentir ce manque. Elle l'a déjà éprouvé quand elle était amoureuse. Ça fait mal, mais la promesse d'une prochaine fois donne chaud. Zapata n'est pas allé à l'atelier mémoire non plus. Il a peut-être un problème. Ou alors, il ne veut voir personne. Sihem aussi, parfois, se renferme dans sa coquille en attendant que l'orage passe. Elle se roule en boule comme un hérisson et hiberne en attendant des jours meilleurs. Qui s'y frotte s'y pique. Zapata et elle se ressemblent. Elle quitte la table avant le dessert et décide de se rendre en avance au microlycée. Elle déjeune à la résidence parce que ça lui revient moins cher et qu'elle a le temps. Les autres élèves mangent des kebabs ou des plats préparés dans la salle commune. Au microlycée, il n'y a pas de salle des profs. Il y a juste la salle commune où tout le monde est mélangé. Les profs y travaillent, tout le monde discute. Certains révisent leurs cours, d'autres se reposent ou sont là juste pour ne pas être seuls. Elle aime bien l'ambiance de la salle commune mais elle est trop sauvage pour être tout le temps avec les autres. Au bout d'un moment, ça lui met la pression. À petite dose, ça va, mais il ne faut pas qu'on la regarde de travers. Elle démarre au quart de tour, et alors ça finit mal. C'est pour ça qu'elle préfère être seule. Pour éviter les problèmes. Elle aime bien ce lycée. Cette fois elle ne veut pas être renvoyée. C'est sa dernière chance. Il ne faut pas qu'elle la gâche. Surtout pour Hélène, sa prof de français. Elle ne voudrait pas qu'elle soit déçue. Avec tout ce qu'elle fait pour l'aider. Ça aussi, ça lui met la pression. Il faut être à la hauteur. Elle ne sait pas si elle y arrivera. Rien que d'y penser, ça lui fait mal au ventre, alors à peine arrivée, elle fait demi-tour. Heureusement, elle croise Kenza dans l'escalier. Elle aime bien Kenza. Elle est métisse comme elle mais elles n'en parlent jamais. Kenza la fait rire. Elle a ses petits rituels, comme Zapata. Après le déjeuner, elle boit toujours un thé spécial. Une boisson ayurvédique. Kenza lui a expliqué ce que ça voulait dire, mais elle ne se rappelle pas. Juste que c'est bon pour la santé et que c'est ce qu'on boit quand on fait du yoga. Sur l'étiquette de chaque sachet, il y a un petit proverbe. Kenza l'attrape par le bras et l'entraîne vers la salle commune. Aujourd'hui, c'est le bilan de raccrochage. C'est un moment important. Kenza lui dit : On passe ensemble, d'accord ? Sihem répond que oui. Kenza prépare son infusion antistress. Sur le sachet, il y a écrit : *Un mental relaxé est un mental créatif*. Elles rient toutes les deux. La bonne humeur de Kenza lui fait du bien. Elle ne sait pas si c'est ça ou le thé, mais elle n'a plus mal au ventre. La cloche sonne. Elle est maintenant assise avec Kenza, face à Hélène et Aurore, la prof de maths. Hélène est sa référente. Chaque enseignant a un nombre d'élèves dont il suit plus particulièrement la scolarité. Elle est bien tombée. Elle aime bien Hélène. Avec elle, elle ne se sent pas conne. Elle sait bien qu'elle n'est pas bête, mais avant d'être dans ce lycée, il suffisait d'un regard pour qu'elle se sente rabaissée. Hélène lui demande quel bilan elle fait de son raccrochage. Sihem explique qu'elle est contente. Elle se sent bien au microlycée. Elle se sent considérée mais elle a encore du mal à travailler. Elle a bien aimé la journée d'intégration, quand tout le lycée est allé passer une journée au Port-aux-Cerises pour faire de l'accrobranche. Elle a bien aimé aussi la première journée de classe et le film avec le savant canadien qui expliquait qu'on a tous un petit hamster dans la tête qui commence à nous parler et à nous ronger le cerveau quand on est stressés. Elle rit et dit qu'elle, elle n'a pas un hamster, mais un mammouth. Kenza et les profs rient aussi. Ça fait du bien de rire avec les profs. Hélène lui dit qu'elle est satisfaite de son début d'année. Sihem fait des efforts et son niveau est plutôt satisfaisant. Par contre, une fois sur deux, elle ne vient pas en cours. Aurore confirme et indique qu'elle a 53 % d'absences. Kenza lui dit de ne pas s'inquiéter. L'année dernière, elle dépassait les 60 %. Hélène explique que réussir, ça commence par venir en cours. Tu te rappelles ce que tu as répondu au questionnaire, le premier jour, quand on vous a demandé de décrire le microlycée ? On vous a demandé d'imaginer si c'était un sport. Sihem répond que non. Qu'est-ce que tu dirais aujourd'hui ? Sihem réfléchit. Le rugby. C'est dur, on en prend plein la gueule, mais c'est un sport collectif. Hélène sourit. Tu avais répondu : le marathon. Parce que c'est dur et qu'on est tout seul. Sihem ne se rappelait pas avoir dit ça. Aurore enchaîne : Et quand on t'avait demandé si le microlycée était un paysage ? Sihem réfléchit. Aujourd'hui, je dirais… un port. Parce qu'on peut partir, mais on peut aussi revenir se ravitailler. Hélène sourit une nouvelle fois. Tu avais répondu : un volcan. Parce que ça fait peur. Sihem leur répond qu'en fait, c'est elle, le volcan. Qu'elle a peur de ses réactions. C'est comme si j'avais un monstre en moi. Il n'y a que moi qui le vois. Elle leur dit qu'elle adore le microlycée, mais qu'elle ne comprend pas pourquoi les profs ne s'énervent jamais. Elle ne comprend pas qu'ils ne sévissent pas quand il y a des élèves qui dépassent les bornes et qui sont agressifs. Elle ne comprend pas qu'il n'y ait pas de règles. Hélène explique que la bienveillance est une règle. Le monstre que tu as à l'intérieur de toi, il n'attend qu'une chose. Qu'on sévisse. Il n'attend que ça, sortir de sa grotte pour te dire : Ils sont comme les autres. Je te l'avais bien dit. Ils ne t'écoutent pas. Ils ne font que t'engueuler et te dire que tu es nulle. Nous, on veut qu'il reste dans sa grotte, ton mammouth. Aurore l'encourage à persévérer. Il ne faut pas qu'elle hésite à solliciter de l'aide. Hélène lui demande si elle est contente de son logement, à la résidence. Oui, tout se passe bien. Je suis très contente. Merci beaucoup. C'est vrai, c'est ce qu'elle ressent. Mais elle est gênée. Pourquoi sont-ils si gentils avec elle ? Ils pensent vraiment qu'elle va réussir ? Ils ne lui mentent pas ? Hélène lui glisse une feuille de papier. En conclusion, on te demande d'écrire un petit texte. Ce qui te semble important suite à cet entretien, ce qui te passe par la tête. On tient à ce que ce soit les élèves qui concluent eux-mêmes. C'est au tour de Kenza. Sihem va s'isoler à une autre table dans la salle de classe. Elle réfléchit. Elle entend que Kenza n'a que 7 % d'absences. Elle prend son stylo et écrit : *Aujourd'hui, Zapata n'est pas venu. J'espère qu'il va bien.* Elle tend la feuille à Hélène, puis sort du lycée sans passer par la salle commune. Elle ne sait pas pourquoi, elle est terriblement fatiguée. En ce moment, elle est toujours crevée. À la résidence, pour se rendre dans son studio, elle doit passer devant le bureau de la directrice. La porte est ouverte. Rose l'appelle. Elle lui dit que Zapata a demandé après elle. Il voudrait savoir si elle serait d'accord pour lui expliquer comment aller sur Internet. Sihem est fatiguée, mais elle sourit.

Hélène saisit la feuille que lui tend Sihem. À son regard, elle devine qu'elle ne viendra pas en cours après le bilan de raccrochage. Pour ses élèves, il est parfois plus difficile de recevoir des compliments ou des encouragements que des reproches et des avertissements. La bienveillance peut passer pour du cynisme quand on n'y est pas habitué. Kenza, elle, ne voit aucun inconvénient à s'autocomplimenter. Hélène souligne son assiduité mais ajoute : L'important, Kenza, n'est pas de venir en cours, mais d'être en cours. Écouter. Participer. Être là comme un fantôme, c'est comme ne pas être là. Kenza assure qu'elle est motivée à faire des efforts. Hélène sait qu'elle ne viendra pas non plus aux prochains cours parce qu'elle sera vexée, mais ça ne durera pas. Avec Kenza, les éclaircies chassent vite les orages. Les entretiens se succèdent et Hélène comprend pourquoi elle aime tant les oiseaux. Ses élèves sont des oiseaux qui ne savent pas encore qu'ils peuvent voler. Il suffit de les aider à oser sauter de la falaise. Elle sourit parce que ses collègues ont voulu lui offrir un saut en parachute pour ses quarante ans. Elle a refusé. Elle aime toujours son métier même si le microlycée l'épuise. Elle donne beaucoup d'elle-même. Ses enfants se plaignent de la voir moins que ses élèves. Elle leur explique qu'ils ont sans doute moins besoin d'elle. Elle n'est pas persuadée de ce qu'elle raconte. Elle est comme ça. Ses enfants l'aiment. Elle le sait. Elle leur a promis d'arrêter dans deux ans. De reprendre un poste dans un établissement traditionnel. Finies les visites au commissariat. Chez les psys. Plus de dossiers à remplir avec les assistantes sociales. La seule chose qu'elle continuera, c'est les sorties au théâtre. Un élève qui connaît sa première émotion au théâtre, il n'y a rien de plus beau. Antoine, le prof d'histoire-géo, la sort de ses pensées. J'aime bien ta robe. Très jolie. Il lui demande si elle n'a pas oublié le rendez-vous avec le proviseur. Si, elle avait oublié. Elle est fatiguée. Elle repense à Ouessant et se dit qu'elle aimerait bien y passer une année sabbatique. Sans enfants. Sans mari. Sans élèves. Sans collègues pour la féliciter sur sa robe. Le proviseur lui remet les insignes de chevalier de l'ordre des Palmes académiques. À Aurore aussi. En tant que coordinatrices du microlycée. Ça la met mal à l'aise. Elle n'aime pas les honneurs. Ses collègues l'applaudissent et lui tendent une flûte de champagne. Elle voudrait rentrer chez elle mais elle doit faire un discours. Elle a horreur des discours. Déjà, à la fac, elle n'aimait pas les cours magistraux. Elle trouve ça déplacé. Narcissique. Elle a peut-être tort. Elle n'aime pas regarder en arrière. C'est de l'énergie perdue qu'on ne met pas à avancer. Elle n'aime pas la jeune femme qu'elle était au début de sa carrière. Prof n'était pas son premier choix. Petite, elle voulait devenir scientifique pour étudier le Groenland. Elle n'avait pas le niveau. Elle s'est inscrite en lettres sans conviction. Elle aimait lire. La première fois qu'elle est entrée dans une classe, ç'a été le déclic. Elle a senti qu'elle était à sa place. Elle a obtenu un poste dans un collège en Picardie. Elle aimait bien enseigner en collège. À ce niveau, on ne trie pas encore les élèves. Au lycée, il faut les orienter. Les faire entrer dans des cases. Elle a appris sur le tas. Au fur et à mesure. Elle s'est investie dans des projets mais son travail n'a pas été valorisé. Alors elle a postulé au microlycée. C'était l'inconnu. Les coordinateurs de l'époque ont tout fait pour la dissuader. C'était leur façon de tester sa motivation. Elle fait pareil maintenant avec les nouveaux candidats. Elle a mis en place de nouveaux projets culturels. On ne se refait pas. Elle fait venir des écrivains. Toutes sortes d'artistes. Les artistes la remettent en question. Ils bousculent les habitudes. Ici, il n'y a pas d'habitude. De monotonie. Ici, ça bouge tout le temps. Elle se sent bien. Il y a de la proximité avec les élèves. Il faut sans cesse réinventer. Ici, on est ensemble, on forme une équipe. Elle déteste la hiérarchie pyramidale. Ici, c'est l'anarchie organisée. On se serre les coudes et on rame. Il faut que le radeau arrive à bon port. Elle culpabilise parfois de rentrer tard, mais c'est sa vie. Elle reprend une deuxième flûte de champagne et se dit qu'elle sera contente de partir aussi dans deux ans. Rester, c'est éreintant. Ce serait aussi trop facile : on s'habitue à son public. Il faut se remettre en question. Elle pourrait créer sa propre école. Un endroit qui mêlerait enseignement et culture. L'important, c'est de créer. Sans se retourner. Elle aimerait amener l'école à l'hôpital, aussi, ou travailler dans les prisons. Elle aura bien le temps de se reposer quand elle sera morte. Elle sait qu'elle vit à cent à l'heure parce qu'elle a toujours peur de mourir demain. Ça vient de sa famille. La plupart sont partis trop tôt. Fauchés par le cancer. Elle tente de se convaincre que ce n'est pas héréditaire, mais elle a peur. Pas pour elle. Pour ses enfants. Elle n'aimerait pas leur transmettre cette saloperie. Alors elle fonce. Les collègues applaudissent son discours. Elle ne se souvient pas de ce qu'elle a dit mais elle sourit. Elle pense à une anecdote. Un jour, quelqu'un lui a demandé de faire le portrait-robot d'un élève. Elle a réfléchi et a répondu que c'était impossible. Chaque élève est unique. Si elle devait faire une synthèse, ils seraient un tableau de Kandinsky. C'est une œuvre qu'elle a découverte à Venise au musée Guggenheim. Elle le décrit à ses collègues. Il y a une sorte de tête avec un seul œil. Une seule moitié de visage avec deux traits qui dessinent un sourire. C'est à la fois triste et joyeux. La grosse tête est posée sur ce qui ressemble à un corps en forme de clé. Les bras et les jambes, ce sont les crans de la clé. Elle aime bien ce tableau. C'est déstructuré, paradoxal. En même temps, il y a la solution à l'intérieur du personnage, mais il ne la voit pas. L'arrière-plan est vert. Pour elle, c'est la couleur de l'espoir. Voilà. Elle est une sorte de guide qui essaie d'expliquer à la tête que la clé, c'est d'avancer. Elle se rend compte qu'elle ne connaît pas le titre du tableau. Antoine tape Kandinsky sur l'ordinateur. Ça s'appelle *Upward*. Sarah, la prof d'anglais, explique que ça veut dire *Vers le haut*. Hélène dit : Voilà. Elle refuse un dernier verre de champagne. Elle met son manteau et part affronter les embouteillages. Dans la voiture, elle s'aperçoit qu'elle a oublié son diplôme en salle commune. Elle ne se souvient plus de qui disait : « À force d'accepter les honneurs, on finit par croire qu'on les mérite. »

On frappe à la porte. Émile se lève péniblement et se dirige vers l'entrée du studio. En passant devant la glace, il aperçoit un léger sourire sur son visage. Il ouvre et invite la jeune femme à pénétrer dans son espace. Sihem a du mal à dissimuler la légère angoisse qui la saisit à la vue des cartons empilés partout dans la pièce. Émile dit qu'il a tout gardé de son ancien logement qui était trois fois plus grand. Il n'a pas pu se résigner à jeter. Assieds-toi. Tu veux boire quelque chose ? Sihem demande un verre d'eau. Émile répond que l'eau, c'est pour les grenouilles. À quatre-vingt-deux printemps, jamais un verre d'eau, et il est frais comme un gardon ! Sihem lui fait remarquer que les gardons vivent dans l'eau. Émile aime les gens qui ont de la repartie. Il savait que cette jeune en avait à revendre. Ça se voit dans son regard. Tu te plais, à la résidence ? Ce n'est pas trop morbide, pour une jeune comme toi, d'habiter au milieu de tous ces vieux débris ? Elle dit que non. Elle est très contente. Sa prof de français,

Hélène, connaît Rose. C'est comme ça qu'elle est arrivée. Sihem explique qu'elle a repris ses études. Qu'à la résidence, elle n'est pas dépaysée. Les élèves de son lycée sont tous cabossés. Ils sont vieux avant l'âge. À part Kenza et quelques autres, ils ont tous l'air triste. Les vrais vieux, eux, ils sont marrants. Émile sent qu'elle se détend. Il lui demande si elle a un auteur préféré. Ils viennent de commencer à étudier Baudelaire. Elle aime beaucoup. *Les Fleurs du mal*, surtout. Ça lui parle. La beauté est partout. Il suffit de la voir. Il lui demande de quelle origine elle est. Elle est française. Je suis née en France ! Son dos se crispe. Bien sûr, excuse-moi. Je voulais dire : Tes parents, tes grands-parents, de quelle origine ils sont ? Elle n'aime pas parler de ses origines. Ça la gonfle. Poser cette question, ça insinue qu'elle n'est pas comme les autres. Putain, c'est des tirailleurs sénégalais et des Maghrébins qui ont libéré la France ! Émile lui demande d'oublier sa question. Il est un vieux con. D'ailleurs, c'est pour ça qu'il lui a demandé de venir. Il veut vivre avec son temps. Il a acheté un ordinateur. Un truc d'occasion. Le problème, c'est qu'il ne sait pas s'en servir. Tu pourrais m'apprendre ? Si tu veux bien, évidemment. Il la paiera. Gagnant-gagnant. Qu'est-ce que tu en dis ? Sihem regarde, punaisé au mur, l'arbre généalogique d'Émile qu'ils ont réalisé à l'atelier mémoire. Elle est en colère. Mon père à moi est un connard ! Il m'a abandonnée à la naissance. Je lui ai envoyé des lettres, à ce fils de pute. Il a jamais répondu. Ma mère a essayé de nous élever seule, moi, mes trois sœurs et mon frère. Elle a pas pu. Elle a perdu son job à cause de l'alcool, alors on nous a placés dans des familles d'accueil. Moi, j'ai été élevée en Belgique. Ils ont fait de leur mieux mais je leur en ai fait baver. Ils m'en ont jamais voulu. Je leur rends visite tous les ans. Il y a toujours ma chambre qui m'attend. Ils sont gentils mais c'est pas pareil que des vrais parents. Même s'ils m'ont élevée. Ce sera jamais pareil. Mes sœurs ont été placées en Suisse. Mon frère est resté ici, dans une banlieue pourrie. Ça lui a mis la haine. Je dis que je suis française, mais en fait, au fond de moi, je suis flamande. Si j'ai un amoureux, les mots d'amour, ils me viennent pas en français. Ma génitrice, je la vois encore un peu, mais elle est dépressive. Elle avale plus de cachets que tous les vieux d'ici réunis. En plus, elle boit en cachette. Elle vit avec une pension d'invalidité. Qu'elle aille se faire foutre. Même si c'est pas de sa faute. Mon géniteur, je veux même pas en entendre parler. Il est algérien mais à ce qu'on raconte, son père ou sa mère, je m'en tape, venait d'Égypte ou de Syrie. Je sais rien de lui et je veux rien savoir de l'Algérie. Ah, oui, aussi : une de mes sœurs a épousé un de ces connards d'intégristes. Avec ses voiles, elle ressemble à un Kinder Surprise. Quand je la vois, je peux même pas savoir si c'est elle en dessous. Vous avez de la chance, vous, avec vos ancêtres. Le pire, avec la famille, c'est d'avoir honte. Elle boit une gorgée d'eau. Puis le verre entier. Elle se lève et se dirige vers l'arbre généalogique. Vous n'avez pas parlé d'Anatole, à l'atelier. Émile lui explique qu'il sait très peu de choses sur Anatole, le père de sa grand-mère paternelle. Il est mort en 1869 à trente-neuf ans. La seule chose qu'il sait, c'est qu'il a pris part à la révolution de 1848. C'était un admirateur de Lamartine. Lamartine, Sihem n'aime pas ses poèmes. Enfin, elle ne connaît pas trop. Émile raconte que Lamartine a été le corédacteur du texte de loi qui a mis fin définitivement à l'esclavage dans les colonies françaises. On ne sait pas s'il a pris part à des combats ou non, mais il était du bon côté. Il fait de la peine à Émile. Après avoir pris le pouvoir par la révolution, après avoir restauré la République, Lamartine a dû se farcir Napoléon III. Ça l'a achevé, le pauvre. Il est mort un an avant le retour de Victor Hugo. Sihem dit qu'elle ne savait pas qu'il y avait eu une révolution en 1848. Il ajoute qu'il y en a eu une aussi en 1830. Si tu me montrais comment on se sert de ce machin-là, on pourrait aller jeter un œil. Émile lui présente l'ordinateur. Elle se rend compte qu'il n'a pas d'abonnement et lui explique comment ça marche. En attendant, on va partager la connexion de mon téléphone. Qu'est-ce que vous voulez qu'on cherche ? Émile réfléchit. Tu n'as qu'à chercher sur la révolution de 1848. Et aussi, tu peux me tutoyer. Entre gens du peuple, on est tous camarades. Sihem dit qu'elle veut bien essayer mais qu'elle n'est pas habituée à tutoyer les personnes plus vieilles qu'elle. Émile la rassure. Elle prendra le pli. Maintenant, explique-moi tout ça. Tu n'oublieras pas de me donner aussi tes tarifs. Tout travail mérite salaire. Il sent qu'elle va rétorquer qu'il n'en est pas question. Il ne lui laisse pas le temps de reprendre la parole. Toi et moi, on est pareils. Moi aussi, je suis métis. Moitié vivant, moitié mort. Alors je te comprends. On s'y met ?

Rose est assise à son bureau. Elle regarde sur son ordinateur une vidéo de Ryuichi Sakamoto. Le compositeur joue *Furyo* au piano, accompagné d'un orchestre symphonique. L'artiste est habité. Il est incroyablement calme. Ce n'est plus lui qu'elle voit, mais monsieur Ving. Monsieur Ving a pris la place de Ryuichi Sakamoto et il exprime toute sa douleur dans le calme. Les notes se déversent comme un torrent de larmes au ralenti. Monsieur Ving est en paix. Il n'est plus une hémorragie incurable. Il ne tourne plus comme un vieux disque rayé. Est-ce qu'il savait jouer du piano avant l'arrivée des Khmers rouges ? En 1975, la musique s'est arrêtée. Elle regarde sa montre. Heureusement, pour elle le temps continue de s'écouler. Elle a rendez-vous avec Madeleine. Madeleine vient régulièrement à la résidence pour participer à la chorale. L'autre jour, elle lui a demandé si elle pouvait obtenir un studio. Personnellement, elle donnera son accord. La décision doit être prise collégialement par les directrices des quatre résidences, mais tout le monde aime bien Madeleine. Ce sera oui. La mairie ensuite ne devrait pas s'y opposer. Elle se souvient de leur première rencontre. La vieille femme lui a tout de suite raconté sa vie. Comment ses parents ont divorcé quand elle avait deux ans. Comment elle a été élevée comme une petite fille riche par des grands-parents fortunés. Par les nourrices, surtout. Madeleine a été indépendante très jeune. Malheureusement, son père s'est remarié. Sa belle-mère ne l'a jamais considérée. Puis son père a été rejeté par sa famille. Mal dans sa peau, Madeleine s'est barrée à dix-huit ans avec le premier venu et un polichinelle dans le tiroir. La vie de Madeleine est bien plus punk que la musique de Sakamoto. Son fils a été atteint d'une grave maladie à l'âge de cinq ans. Elle est restée par la force des choses mais il n'y avait pas d'amour dans son couple. La routine insipide comme le rocher de Sisyphe. Madeleine a eu deux filles aussi. Son fils est mort à vingt ans. Elle en avait le double. Elle est partie en laissant ses filles à leur père. Elle a passé un diplôme d'assistante médicale et psychologique. C'est là qu'a commencé sa seconde vie. Au lieu d'aider les marginaux et les artistes qui jouaient dans le métro, elle s'est mise à faire la manche avec eux. Elle a toujours été une artiste dans l'âme. Une rebelle. Est-ce que ce n'est pas la même chose ? Elle a suivi un musicien jusqu'en Guadeloupe. Le rhum et les bleus ont eu raison de leur histoire. Elle est revenue à Vitry. Elle touche une petite retraite qui lui suffit à peine pour vivre. Elle continue de côtoyer les marginaux et les musiciens du métro. À vrai dire, elle ne côtoie qu'eux. Pour elle, les gens normaux sont fades. C'est le message qu'elle affiche avec son legging léopard, ses bottes de rockeuse, son perfecto et ses nombreux tatouages. Madeleine a soixante-quatorze ans. Elle vit en dessous du seuil de pauvreté. Elle ne supporte plus d'habiter dans une zone de non-droit. Elle en a marre des jeunes qui trafiquent dans sa cité et ont colonisé sa cage d'escalier. Elle n'accepte pas qu'on puisse jeter des cailloux sur les pompiers. Les voyous ont pris possession de la terrasse de sa tour, au-dessus du quatorzième étage. De là, ils peuvent surveiller tout ce qui se passe dans le quartier. C'est les rois et personne ne fait rien. Madeleine en a marre aussi des voitures brûlées le 14 juillet. Elle en a marre mais attention, elle n'a rien à voir avec les vieux fachos qui votent extrême droite. Elle dit ce qu'elle a à dire et si ça ne plaît pas, tant pis. Elle trouve ça dingue d'être de gauche et de se faire traiter de nazie parce qu'elle ne supporte plus les petits dealers. Les bobos n'ont qu'à venir habiter chez elle, après on verra bien ce qu'ils diront ! Madeleine explique toujours au premier venu qu'à cause de tout ça, elle ne parle plus politique. Voilà vingt minutes qu'elle est arrivée et qu'elle ne parle que de ça, mais il vaut mieux ne pas le lui faire remarquer. Non, elle n'a pas décidé de venir vivre à la résidence parce qu'elle se sent vieille ! Et elle n'a pas besoin de compagnie ! De toute façon, elle continuera à aller dans le métro. Elle fera l'école buissonnière. Ça la fait marrer. Je déteste ça, vieillir. Je sais que ça ne te plaît pas, Rose, mais c'est comme ça. Comment sait-elle si ça lui plaît ou pas ? Tous les jours, il y a un nouveau truc qui se déglingue. Madeleine le vit très mal. Extérieurement, elle triche, mais à l'intérieur, elle ne supporte pas. C'est pour ça qu'elle ne fréquente que des jeunes. Quand elle est devant un vieux, elle a l'impression de se trouver face à un miroir. Ne t'attends pas à ce que je devienne comme eux. Plutôt crever ! Madeleine a enfin vécu son adolescence quand son fils est mort. Elle ne dit pas qu'elle s'est sacrifiée pour son fils mais bon, c'était comme ça. Aujourd'hui, ce n'est pas pareil. Les jeunes sont plus libres. Il y a le droit à l'avortement. Il y a les couples mixtes. Aujourd'hui, on peut être homosexuel. On ne se cache plus. Il y a encore des cons qui ne trouvent pas ça normal, mais on peut. Aujourd'hui, elle ferait d'autres choix. Elle ne serait peut-être pas devenue une espèce d'Édith Piaf. Elle est la seule inscrite à la chorale à n'avoir jamais raté une séance. Elle s'est mis en tête de faire chanter du Janis Joplin au groupe et elle ne lâchera pas. Elle les aura à l'usure. Les gens comme Madeleine sont de bonnes recrues pour les résidences. Ils pimentent le quotidien et font faire les montagnes russes à l'encéphalogramme résigné du temps qui s'enfuit. Ils apportent une touche d'humour. Ils créent des frictions, aussi. Tout le monde n'aime pas être bousculé. Avec eux, il se passe toujours quelque chose. Le pire, c'est quand il ne se passe rien. Madeleine est repartie maintenant vers sa barre d'immeubles. L'énergie dans le bureau est retombée. Madeleine a laissé comme un vide. Ces gens-là remplissent. Comme Zapata. Elle se demande si ces deux-là vont s'entendre. S'il y a de la place pour deux grandes gueules dans la même résidence. Madeleine n'aime pas les vieux, mais qui peut résister à Zapata ? L'écran de l'ordinateur s'est mis en veille. Rose appuie sur la barre d'espace et la lumière revient. Elle tape Janis Joplin dans le moteur de recherche et choisit une vidéo de *Me and Bobby McGee*. Elle se demande si ça aurait été différent si Madeleine avait eu une autre enfance. Elle aurait peut-être brûlé sa vie et serait morte à vingt-sept ans, elle aussi. Janis Joplin chante et elle pense à ses filles. Quelle sera leur vie ? Parfois, elle se sent impuissante. L'angoisse l'envahit, alors elle ferme à clé la porte de son bureau et se met à pleurer. Là, elle ne pleure pas. Elle sourit. Ses doigts battent le rythme sur le clavier de l'ordinateur. Elle augmente le volume et se surprend à se déhancher sur son fauteuil pivotant. La voix de la chanteuse emplit la pièce. Rose chante aussi. Elle chante faux mais elle s'en fout. Ce qui compte, c'est l'énergie qui vient de l'intérieur et se propage dans l'air. Les gens comme Madeleine rendent l'air des autres plus respirable. Ce soir, elle ne fera pas du surgelé pour le dîner. Elle emmènera ses filles au restaurant. Ce soir, elle ne se fâchera pas parce qu'elles n'auront pas fait leurs devoirs. Elle leur lira une histoire même si elle est fatiguée. La grande lui dira sûrement qu'elle n'a plus l'âge qu'on lui lise des histoires. Alors elle lui demandera si elle veut bien lui en lire une à elle. Pourquoi pas ? Elle écoutera la voix de sa fille et se laissera bercer. Elle s'endormira sans penser aux mots croisés qu'elle n'arrive pas à finir et ce sera bien. Elle ne pensera plus au travail ni à la pension que son ex-mari refuse de lui verser. Elle ne pensera pas à son avocat ni aux combats à venir. Avec un peu de chance, ce soir elle ne rêvera pas.

Un couple de jeunes amoureux est assis sur un banc face à la mer. Le garçon, en tongs, porte un survêtement à la gloire d'un club de football et de ses sponsors. Il arbore la coupe de cheveux de sa star préférée. Achir n'y connaît rien en foot. Le garçon a l'air exalté par ce qu'il raconte. La fille sourit tristement en regardant par terre, enfermée sous ses couches de voiles comme une momie embaumée d'un parfum bon marché. Oran résiste à Achir. Un jour, un ami espagnol lui a raconté que lorsqu'il avait découvert la ville pour la première fois, il avait eu l'impression de revenir dans l'Espagne franquiste de son enfance. Les militaires et la police omniprésents avaient remplacé la Guardia Civil, sinon tout était pareil. Le marché parallèle qu'on fait semblant de cacher, la saleté des bâtiments, la présence partout de sacs plastique et d'ordures jetés sans complexe sur les trottoirs. Il pense à cet ami et se demande à quoi doit ressembler l'Espagne maintenant. Une petite mendiante le tire de sa rêverie. Elle s'est accrochée à sa jambe et lui réclame une pièce dans un mauvais arabe. Il explique qu'il n'a rien à lui donner et tente de continuer son chemin mais elle ne desserre pas l'étreinte. De peur de voir un attroupement se former autour de lui, il sort une pièce de dix dinars de sa poche et la lui montre. Il lui dit qu'il veut bien la lui donner, à condition qu'elle le laisse tranquille après. La petite prend la pièce et s'éloigne. Parfois c'est l'inverse qui se produit : la meute se rue sur la bonne âme qui a donné la pièce. Son ami espagnol lui a dit qu'en Espagne aussi, aujourd'hui, les rues étaient envahies de mendiants d'origine subsaharienne. Achir n'aime pas ce mot : envahies. Il n'aime pas le front de mer d'Oran non plus. Il trouve que les autorités devraient déplacer le port de commerce et rendre la plage aux habitants. Comme toujours, l'idéal est à portée de main et inatteignable à la fois. Une idée le touche malgré tout. C'est son ami Mahmoud qui lui a raconté l'anecdote. Mahmoud est étudiant en géographie et guide bénévole dans une association qui propose des parcours de découverte historique de la ville. Achir pense à cette histoire chaque fois qu'il vient : aux numéros pairs des habitations du front de mer répondent des numéros impairs à Almería, sur l'autre rive de la Méditerranée. Il trouve que l'idée est belle. C'est une idée qu'aurait pu avoir Mounia. Mounia est à Marseille pour une exposition. C'est là que vit Talis. Talis est conteuse. Achir est venu à Oran pour la voir et l'écouter. Elle se produit dans le cadre du Festival des mots. Un soir, alors qu'ils dînaient dans un restaurant de poisson du vieil Oran avec un autre conteur canadien, ce dernier avait demandé à Talis pourquoi elle avait toujours l'air d'être ici et ailleurs en même temps. Ce qu'il disait ne l'intéressait pas ? Elle lui avait répondu ce qu'Achir, lui aussi, aurait pu expliquer. Les petites filles algériennes ne sont jamais seules. Une fois réglées, elles passent brutalement de l'enfance à l'âge adulte. On les enferme. On ne sait jamais : un garçon ou un homme pourraient leur voler leur virginité. Elles apprennent à s'isoler au milieu des autres. Elles n'ont pas d'intimité. On croit qu'elles ont le regard perdu mais elles sont en dedans avec elles-mêmes. D'ailleurs, il n'y a pas de mot en algérien pour dire adolescence. Achir se demande si c'est pour ça qu'il a lui aussi le regard perdu. Il serait à la recherche de cette adolescence enfouie en lui comme l'Atlantide au fond des océans ? Devant ses yeux, aucun paradis perdu, mais le fort de Santa-Cruz qui le toise de sa superbe sur la crête de l'Aïdour. Cette montagne, lieu de combats jadis féroces entre les Maures et les Ottomans, domine la ville de sa hauteur guerrière. Au pied de l'autre versant, le port de Mers el-Kébir refoule le souvenir de juillet 1940 mais perpétue son héritage militaire. Achir pense quelle connerie la guerre et se réjouit de retrouver bientôt ses amies. Talis, mais aussi Zineb et Djamila. Quand il les voit, il se dit que rien n'est perdu. Elles lui redonnent de l'espoir. Elles ont traversé la décennie noire la tête haute. Elles ont bravé les menaces de mort pour conserver l'idée qu'elles se faisaient de la liberté. Elles continuent de se battre contre l'obscurantisme avec l'ardeur d'une jeunesse impérissable. C'est Zineb qui a créé le Festival des mots. Elle dirige une association qui milite pour l'accès à la lecture des populations défavorisées. Elle dit toujours que la parole est l'arme qui touche le plus durablement sa cible. Que les balles tuent les corps des auteurs mais n'atteignent pas leur esprit. C'est pour ça que les pouvoirs redoutent les mots. Ils sont invincibles. Ils ne s'emprisonnent pas. Ils ne meurent pas. Ils se transmettent comme les gènes de génération en génération. Ils sont les étendards des combattants de la paix. L'association de Zineb est située dans le même quartier que celle de Djamila. Djamila milite pour les droits des femmes. Les locaux de son association viennent d'être mis sous scellés par les autorités, sous prétexte qu'elle n'aurait pas renouvelé sa demande d'agrément. Achir sait que Djamila doit en être meurtrie dans sa chair, mais elle n'en laissera rien paraître. David contre Goliath, elle lutte avec constance depuis 1995 contre le Code de la famille d'usage en Algérie. Le code de l'infamie qui donne tout le pouvoir aux hommes. Djamila insiste toujours sur le fait que son association n'est pas un mouvement contre l'intégrisme, mais pour l'égalité. Djamila refuse un monde où on marie la victime à son violeur. Où la femme ne peut pas hériter. Où elle subit le harcèlement jusque dans les transports en commun. Djamila ne se laissera pas faire. Elle ne pourra pas trahir l'engagement de toute une vie. Elle ne pourra pas abandonner toutes ces femmes au poids des traditions ancestrales. Les renvoyer à leur invisibilité. Avec Zineb, Djamila continuera de faire la fête. Ensemble, elles continueront d'arborer fièrement leurs chevelures. Elles ne baisseront pas les yeux. Elles n'abdiqueront pas. Elles continueront de vivre comme elles l'entendent. Elles habitent un beau pays. Il ne faut pas confondre un pays avec ses dirigeants. Elles continueront de vivre comme elles le faisaient avant les années soixante-dix et l'arrivée des Égyptiens et des Saoudiens. Avant, il n'y avait pas de voile dans les villes d'Algérie. Ce soir, ils iront ensemble écouter la dernière histoire inventée par Talis. Elle foisonnera de fantômes, d'ogresses et de magiciens. D'oracles et de voyages. Talis chantera aussi. Sa voix caverneuse surgie de la nuit des temps de sa Kabylie natale emplira le silence des conseils avisés d'ancêtres bienveillants. Ils iront dîner ensuite chez Zineb. Elle aura commandé une paella dans ce même restaurant du vieil Oran où ils ont l'habitude d'aller. Ils boiront du vin. Beaucoup de vin. Ils s'enivreront d'être ensemble. Ils se lanceront dans des joutes oratoires sans fin. Surtout, ils riront d'eux-mêmes et de leur pays. Ils se diront combien ils l'aiment malgré tout. Avant de s'endormir, Achir ouvrira la fenêtre de la chambre d'amis et s'allumera un joint. Il entendra le bruit des motos et des youyous provenant de la salle des mariages. Il pensera à Mounia. Il pensera à ces femmes aussi. À ses amies qui lui font tant penser à sa mère. Il aime sa mère. Comme ces femmes, elle est un exemple. Elle l'inspire. Elle le porte. Le problème, c'est qu'elle est morte.

Aujourd'hui, Sihem est en avance. Les cours commencent à neuf heures mais les élèves sont peu nombreux en salle commune. Les profs, eux, s'agitent dans tous les sens comme des abeilles dans une ruche. Elle se sent bien au milieu de cette agitation. Le calme n'est pas sa plus grande qualité. Hier, elle a passé une partie de la soirée à discuter avec Zapata. Il fait des progrès avec l'ordinateur. C'est touchant de le voir s'appliquer. C'est ce que ressentent les profs quand ils enseignent ? Zapata lui a posé des questions sur Nuit debout. Elle y a participé voilà deux ans. Elle y était tout le temps ! Elle est même tombée amoureuse d'un gars qui parlait bien mais, ça, elle ne l'a pas dit. Il parlait tellement bien qu'il l'a menée en bateau pendant des mois alors qu'il avait déjà une copine. Il n'y a pas de quoi être fière. Zapata l'a écoutée attentivement. Il n'a pas fait semblant. Il lui a reparlé de la Commune de Paris et de Mai 68. De Podemos, aussi. De Syriza. Des printemps arabes. Elle l'a écouté religieusement.

Elle l'a bombardé de questions. Elle s'est découvert des ancêtres de combat. Sa préférée, c'est Louise Michel. Sihem commence à se sentir féministe. Avant, ça ne l'intéressait pas. Mais il faut se battre : l'égalité ne se gagne pas avec des fleurs. Zapata lui a dit aussi qu'il y avait eu un maire de Paris noir, de 1879 à 1880. Severiano de Heredia. Pourquoi on ne leur apprend pas ça à l'école ? Il faut qu'elle en parle à Antoine. Hélène la sort de ses pensées. Puisque tu es toute seule ce matin, tu as droit à un cours particulier ! En ce moment, ils étudient la tragédie. Hélène lui demande si elle peut lui expliquer ce qu'est une tragédie. La tragédie grecque, c'est le résultat des politiques d'austérité menées par ces bâtards de capitalistes qui font crever le peuple ! Hélène éclate de rire. Dans un autre lycée, sa réflexion aurait pu être prise pour de l'insolence. Elle explique à Hélène que ce qu'elle a retenu, c'est la notion de catharsis. Elle aime bien ce mot. Elle aussi, comme Aristote, pense que les écrivains guérissent les gens. Elle ne sait plus si c'est ça exactement que pense Aristote, mais bon, c'est pas grave. Sinon, elle n'aime pas les tragédies anciennes. Ce qu'elle a vraiment adoré, c'est Shakespeare. La tragédie élisabéthaine. Ça, c'est bien ! Shakespeare, il écrit comme un dieu mais il a aussi de l'humour. Il ne se prend pas au sérieux comme les Grecs. Si on n'a pas d'humour, ça vaut pas le coup. Autant se tirer une balle. Elle a entendu qu'une élève s'est suicidée l'année dernière, pendant l'attente des résultats du bac. Elle s'est pendue dans sa chambre. Elle l'a eu, son bac. Bachelière posthume, putain ! Comment on peut en arriver là ? À quoi ça sert de raccrocher si c'est pour se foutre en l'air une fois qu'on a son bac ? Il ne faut pas en parler à Hélène, sinon elle se met à pleurer. Là, au contraire, elle sourit. J'ai l'impression que ça te plaît, ce qu'on étudie en cours de français. Sihem lui répond qu'avant, elle n'aimait pas le français. Elle n'a eu que des profs nuls. Là, elle a envie d'apprendre parce qu'elle ne se sent pas jugée ni idiote. Ce que pensent les profs, c'est que les métis comme elle, ils sont bons qu'à écouter du rap. C'est ce que pense la société. Les Blacks et les Rebeus, ils savent dire que zyva. Ils deviennent vigiles, dealers ou balayeurs. Les filles, on n'en parle même pas. Elles sont bonnes qu'à faire caissières ou à retourner pondre au bled. Non, elle ne va pas s'énerver. Elle est de bonne humeur. Elle ne va pas tout gâcher. Kenza entre dans la salle de classe. Kenza, retourne au bled faire des gosses à ton barbu ! On étudie Shakespeare, ici, tu peux pas comprendre ! Kenza n'est pas bien réveillée. Elle a encore ses écouteurs sur les oreilles et tient sa tasse de thé fumante entre les mains. Kenza, c'est quoi le proverbe du jour, qu'on voie si tu sais lire ? Kenza s'assoit lentement. Heureusement que Sihem plaisante. Kenza lit le proverbe sur le sachet de thé : *L'amour est une puissance infinie.* Sihem éclate de rire. Putain c'est naze, c'est quoi cette phrase à la con ? Hélène dit à Sihem qu'elle serait curieuse de savoir ce qu'elle en penserait si c'était Shakespeare qui l'avait écrite. Sans déconner, Shakespeare il aurait jamais écrit un truc aussi pourri ! Hélène en profite pour faire une digression sur les citations sorties de leur contexte. Les élèves mal lunés arrivent au compte-gouttes. À dix heures, au changement de cours, ils sont cinq. Le cours d'espagnol succède au cours de français. Aujourd'hui, Martha leur fait étudier *Guernica*. Sihem n'aime pas Picasso. Elle a lu un jour un article où on expliquait que c'était un tyran. Depuis, elle l'a blacklisté. Les connards machos, no way. C'est comme Céline. Elle ne l'a jamais lu et ne le lira jamais. Faut être tordu pour lire les bouquins d'un collabo. Même s'il écrit bien, ça reste un nazi. Il faudra qu'elle demande à Hélène ce qu'elle en pense. Ou à Zapata. Après tout, il y a peut-être quelque chose qui lui échappe. Mais quand même. L'autre jour, Mabounou a été renvoyée trois jours. C'est rare au microlycée. Tout ça parce qu'Angelo écoutait Johnny Hallyday par hasard sur son enceinte Bluetooth. Mabounou lui a demandé d'éteindre mais il a refusé. Alors elle l'a frappé et a jeté l'enceinte par la fenêtre. Les autres élèves et les profs ont eu du mal à la maîtriser. Angelo a eu deux dents cassées. Elle l'a mordu au cou aussi. Elle lui a arraché un morceau de peau. Elle hurlait, un truc de dingue. Tu vas pas nous niquer les oreilles avec un enfoiré qui a déshérité ses enfants, putain ! Sihem ne sait pas si Mabounou sera exclue définitivement ou pas. Les profs essaient de trouver une solution. Angelo n'a pas porté plainte. Il sait que Mabounou a été abandonnée par son père. Y a des trucs, ça te fait sortir de tes gonds. Rien que d'y penser, elle a mal au crâne. Elle dit à

Martha qu'elle ne se sent pas bien. Elle attrape son blouson et quitte le lycée sans répondre à Antoine qui la croise dans l'escalier et lui demande si ça va. Dans la rue, après avoir marché cinq minutes, elle pense qu'elle est vraiment trop conne. Elle voudrait faire demi-tour mais ce serait la honte. Putain, on réagit pas comme ça, comme une gamine ! Qu'est-ce que t'as dans le crâne, ma pauvre fille ? Tout ça à cause de Picasso ! Elle sourit. T'as raison : c'est vraiment un enfoiré !

Hélène se repose dans le hamac de son jardin. Face à elle, sous le préau, le vieux Combi orange attend les prochaines vacances. Elle s'est assoupie quelques minutes. Le livre d'Henning Mankell qu'elle tenait appuyé contre son ventre est tombé dans l'herbe. Elle ne taille jamais l'herbe. Elle préfère les jardins sauvages à l'anglaise. Sur la branche du vieux marronnier centenaire, un couple de mésanges somnole en attendant la prochaine bise de vent. Elle est bien. Elle a toujours rêvé de cette maison avec plein d'arbres pour accueillir les oiseaux. Elle en a planté quelques-uns elle-même. Si elle déménage, elle ne les verra pas grandir. Sa maison est un havre de paix mais elle ne supporte plus les embouteillages. Une heure pour se rendre au boulot, pareil dans l'autre sens. Quand il n'y a pas de problème. Elle en a marre de la ville, aussi. Les gens sont tristes et nerveux. C'est peut-être une illusion de penser qu'ils sont différents à la campagne. L'autre jour, au supermarché, elle a fait un malaise vagal. Le médecin lui a prescrit un arrêt de travail mais elle est retournée bosser. Son mari a tenté de la sermonner mais il n'y a rien eu à faire. Ils sont mariés depuis vingt ans. Elle s'amuse à dire qu'ils sont les deux faces d'une même médaille. Son mari est prof de sport : à eux deux, ils sont le corps et l'esprit. Elle aime son mari. Ses deux fils aussi. Plus que tout. Pourtant, les sirènes d'un ailleurs se font entendre parfois. Elle n'a jamais eu envie de le tromper, ce n'est pas ça. Ce serait plutôt se tromper elle-même. Partir loin et se découvrir différente. En même temps, elle aime sa vie. Elle est fière de ce qu'elle a accompli. Elle imagine que c'est pour tout le monde pareil. Tout le monde doit ressentir ça un jour. On regarde le sablier s'écouler mais on ne peut pas le faire ralentir. On sait qu'on ne pourra pas le retourner non plus. Elle aimerait retrouver l'insouciance de ses débuts. L'inconscience ? Elle a parfois l'impression d'être Don Quichotte qui se bat contre des moulins. Elle se sent impuissante face à ces jeunes. Le pire, ce sont les parents. Ces jeunes déscolarisés ont tous ou presque des parents défaillants. L'école a enfoncé le clou en les déclarant inaptes à suivre des études. Les élèves du microlycée portent ce double abandon. Les dégâts sont profonds. Leur redonner confiance n'est pas une mince affaire. Hélène n'est ni psychologue ni psychanalyste. Elle n'a suivi aucune thérapie. Il ne faut pourtant pas être sorti de la cuisse de Jupiter pour voir que le système marche sur la tête. Elle se demande si un jour nos sociétés s'affranchiront de leurs racines religieuses d'un autre temps. Si elles parviendront à désacraliser les figures d'autorité. Quand un parent frappe un enfant, on appelle ça de l'éducation. Si un enfant frappe un parent, c'est de la délinquance. Elle en a marre de se retrouver tous les jours face à ce constat. Ça la met hors d'elle. On invoque toujours des raisons sociologiques, économiques, culturelles ou historiques pour éviter de regarder l'évidence. L'échec scolaire, c'est le résultat de tout ça à la fois. Mais la famille est le premier sanctuaire du processus de casse. La cellule familiale, comme son nom l'indique, peut être une prison. Quand un parent humilie un élève devant elle, elle pourrait le tuer. Elle ne supporte pas non plus la violence que ça déclenche en elle. Elle espère être une bonne mère. Ça l'angoisse, parfois. Elle espère ne pas avoir fait trop d'erreurs. Pas graves, en tout cas. Aucun parent n'est parfait. Elle travaille beaucoup, c'est vrai. Elle n'est pas souvent à la maison. Est-ce une forme d'abandon ? Elle se sent comme un soldat qui s'élance vers l'ennemi plutôt que d'attendre le prochain obus dans la tranchée. Dans les deux cas, on a peur. Autant tenter quelque chose. Elle réfléchit à demander sa mutation depuis un moment mais elle ne l'a toujours pas fait. Avec son mari, ils ont pourtant suffisamment de points. Les batailles à mener pour fonder une école l'épuisent aussi rien que d'y penser. Elle va attendre encore un peu. Déjà, il faut accompagner ses élèves de première jusqu'au bac. Elle est émerveillée de voir les progrès qu'ils font. C'est impressionnant comme Sihem reprend goût aux études. Surtout en français et en histoire. Elle est la première à participer en classe. Ce n'était pas gagné, au départ. Elle ne se vexe plus pour un rien. Elle accepte la main tendue sans y voir d'arrière-pensées. Quand un élève sort de l'emprise de la dette, il est sur la voie de la réussite. La réussite pour lui-même. Le plus dur pour eux, c'est d'accepter qu'on puisse les aider sans réclamer de contrepartie. Sihem a compris ça. Hélène pense que quand un enseignant ne ressent plus la magie, il faut qu'il arrête. Sinon, il devient défaillant à son tour. Il se met à participer lui aussi à la grande entreprise de démolition. Pour elle, la magie, c'est quand ça se passe. Quoi, elle ne sait pas, mais ça se passe. Kevin, par exemple. C'était un élève renfermé. Légèrement bossu. Il avait toujours le regard fuyant et se cachait sous sa capuche. Il ne posait jamais une question de peur de se mettre à rougir de honte. Un jour, il a compris. C'était un détail insignifiant. Hélène lui a rendu sa copie et a lu à voix haute l'appréciation qu'elle lui avait mise. Il avait ressenti le texte d'une façon très personnelle. Surtout, il était le seul dans la classe à en avoir perçu certaines complexités. Kevin a retiré sa capuche. À ce moment précis, elle a su que c'était gagné. Ça venait de se passer. Kevin ne s'est rendu compte de rien. Les autres élèves non plus. Elle espère ne jamais perdre l'acuité. Les mésanges se sont envolées. Elle reprend le livre de Mankell et se demande si ce n'est pas ce qu'a perdu Wallander. La magie. Ses années passées dans la police à voir les pires horreurs lui ont fait perdre la foi en l'humanité. C'est la raison de sa mélancolie. Si on croit que l'humanité a perdu, alors ce n'est plus la peine. Hélène a croisé beaucoup de profs dépressifs ou aigris. Elle ne les juge pas. Elle comprend l'usure. C'est pour ça qu'elle n'aime pas les salles des profs. Elle les appelle le bureau des plaintes. Le soleil chauffe son visage et ses pieds nus. Elle se recale dans le hamac. Elle regarde la couverture de son livre et pense à cet autre écrivain scandinave qu'elle aime beaucoup, Arnaldur Indridason. Elle a lu tous ses romans. Elle aime les paysages enneigés et mystérieux de ces auteurs venus du froid. Elle qui, petite, voulait étudier le Groenland, elle comprend maintenant que sous la glace se cache toute la noirceur humaine. Les enfants vont rentrer de l'école. Elle a le temps de lire encore un chapitre ou deux. Ce soir, elle fera la cuisine. Ils regarderont un film en famille. Elle aime profiter de ces instants comptés. Bientôt, ses enfants voleront de leurs propres ailes. Ça lui fera mal de ne plus les avoir près d'elle. Elle sait aussi que sa douleur sera leur liberté. Elle accepte l'ordre des choses. Son jour de repos touche à sa fin. Demain la course va reprendre. Elle pense à Sihem et à ses enfants. À Kevin et aux autres. Elle espère qu'ils ressentiront la magie. Elle reprend sa lecture.

Sihem est assise en face de lui. Il remarque qu'elle ne se ronge plus les ongles. Le mois dernier, elle n'a eu que 28 % d'absences. C'est encore beaucoup, mais c'est mieux. Elle lui parle des auteurs qu'ils étudient en français, et aussi d'Hélène. Ses enfants ont de la chance. Elle ne les a jamais vus mais elle les imagine rayonnants. Heureux, le soir, quand le bruit de la clé dans la serrure annonce son retour. Il lui parle de Norbert. C'était son métier, à Norbert. Installer des serrures pour le retour des mamans. Elle lui demande s'il a des enfants. Il lui répond que non. Il a toujours été un ours mal léché. Elle lui dit qu'elle a fait des progrès en histoire mais qu'elle est toujours nulle en géographie. Tiens, attrape la boîte à chaussures, là-haut. Au-dessus de la pile de cartons qui est au-dessus de la cantine rouge. Prends le tabouret et fais attention de ne pas tomber. Elle prend la boîte et la pose sur la table. Qu'est-ce que c'est ? Il explique que c'est le matériel pour leur leçon de géographie. Il soulève le couvercle et en sort ce qui ressemble à une carte de visite. C'est la carte d'un estaminet, à Laon. Ils faisaient une excellente carbonade. Tu sais où c'est, Laon ? Elle dit que non. Passe-moi l'ordinateur, je vais te montrer sur un plan. Il tape le nom de la ville et fait apparaître une carte de France sur l'écran. Elle est impressionnée. Laon est en Picardie. Regarde. Là. La carbonade, c'est un ragoût de bœuf mijoté à la bière, avec des épices. Pioche une autre carte et lis-moi ce qu'il y a écrit dessus. Elle prend une autre carte et lit : *Chez Annie. Spécialités basques. Bayonne.* Tu sais où c'est, Bayonne ? Elle répond oui, au sud. À l'est ou à l'ouest ? Elle ne sait pas. Il tape le nom de la ville sur le clavier. C'est là, près de la frontière espagnole. Annie, la patronne, faisait les meilleures axoas de toute la région ! Elle faisait aussi une garbure à tomber par terre. J'adorais aller manger chez elle. Elle était vieille et elle servait seule, alors il ne fallait pas être pressé. Quand l'assiette arrivait sur la table, on se disait qu'on avait bien fait d'être patient. Sihem demande à Émile ce qu'est une axoa. Il explique que c'est un émincé de veau à l'ail, servi avec des poivrons et des pommes de terre. C'est délicieux ! La garbure, c'est une espèce de soupe avec de la viande, surtout du canard, et des légumes. C'est ce que mangeaient les paysans, autrefois. Sihem demande où il a déniché toutes ces cartes. Il raconte que ce sont les cartes des restaurants où il a mangé dans sa vie. Il a travaillé sur des chantiers dans plein de villes de France. Tu mangeais au restaurant à chaque fois ? Il remarque qu'elle est passée au tutoiement. Je n'avais pas beaucoup d'argent. C'est des petites cantines sans prétention. Le plus souvent, les ouvriers avalaient un sandwich sur le chantier, alors je mangeais tout seul. Ça ne me gênait pas, au contraire. Manger était mon petit plaisir. Ça me faisait un sas de décompression. Sihem lui fait remarquer qu'il aime bien boire un petit coup, aussi. T'as raison : un repas sans vin, c'est glauque comme un jour sans soleil ! Sihem lui demande si elle peut prendre une autre carte. Bien sûr. On est là pour travailler ! Elle lit : *Le Café des artistes. Véritable bouchon lyonnais*. Lyon, c'est facile, ça je sais, quand même ! Elle dit que, par contre, elle ne connaît pas les spécialités locales. Il lui cite le saucisson. La rosette. Le poulet Célestine. Il y a aussi les quenelles et encore un tas de trucs ! Sihem dit qu'elle n'y connaît rien en cuisine, mais que ça donne envie. Émile explique que pour lui, la géographie, ce sont des plats et des recettes. C'est comme ça qu'il retient le nom des villes. Il pioche une autre carte. Le Cantal ! Tu sais ce qu'on mange dans le Cantal ? Sihem répond qu'elle connaît un fromage qui s'appelle le cantal, mais c'est tout. Bingo ! Le cantal, c'est un fromage qui vient du Cantal, c'est pas plus compliqué que ça ! Comme le camembert. C'est un fromage qui vient de Camembert, en Normandie. Ils piochent les cartes les unes après les autres. Sihem prend la place d'Émile devant l'ordinateur. C'est elle maintenant la meneuse de jeu. Elle l'interroge sur les cartes et les plats qui y sont associés. Elle vérifie sur Internet qu'Émile ne se trompe pas et s'extasie devant ses connaissances culinaires. Tout y passe, de la choucroute au cassoulet, de la bouillabaisse aux tripes à la mode de Caen, sans oublier le bœuf bourguignon ou les bergamotes de Nancy. T'es trop fort ! Tu devrais passer à la télé. Tu les niquerais tous, dans les émissions de jeu ! Il sourit. Je vais y penser. Et toi, tu es forte en quoi ? Je suis curieux de connaître ton dada. Moi ? Je suis bonne en rien. Émile s'apprête à la contredire, mais elle le coupe. Sérieux, je sais rien faire de spécial. Je suis nulle à côté de toi ! Putain, c'est vrai, quoi, pourquoi tu me regardes comme ça ? Je vois bien que t'as pitié, fais pas semblant. Je suis pas débile non plus ! T'es comme les autres, en fait. Moi qui croyais que t'étais différent. Trop conne, la fille ! Elle claque ses mains sur le rebord de la table. Émile ne dit rien. Elle se lève et sort sans refermer la porte. Après un court instant, Émile se saisit du clavier de l'ordinateur. Tu vois, je sais aussi envoyer des e-mails ! Quand t'auras fini ton boudin, tu peux revenir, la porte est ouverte. Il range les cartes dans la boîte à chaussures et referme l'ordinateur. Sihem reparaît dans l'embrasure de la porte. Elle entre et regarde Émile droit dans les yeux. Elle éclate en sanglots et va se réfugier dans les bras du vieillard. Ils restent comme ça un long moment, sans rien dire. Les hoquets finissent par disparaître. C'est malin, j'ai mouillé ton gilet. Émile lui saisit les mains. T'inquiète, c'est une vieille éponge, comme son propriétaire. Elle sourit et s'excuse. Je suis désolée. Je suis vraiment trop conne. Émile lui lâche les mains. Si je t'entends prononcer cette phrase encore une fois, je te mets une fessée déculottée comme à l'époque où j'étais môme ! Il rit en lui adressant un clin d'œil. Maintenant, on n'a plus le droit de frapper les enfants. Pas étonnant qu'ils poussent de travers ! Elle sourit. Il l'encourage à vider son sac. Demain, au lycée, c'est la journée des talents : tout le monde doit montrer un truc dans lequel il est doué. Moi, je suis nulle en tout. Je veux pas y aller. Tu es assez douée pour faire sortir un ermite comme moi de sa tanière. Y en a plus d'un qui s'y est cassé les dents. Ça ne t'arrive jamais, de rêver, jeune fille ? Si, évidemment. Mais c'est que des rêves. Je sais que ça arrivera pas. Il la regarde droit dans les yeux. Je vais te dire un truc : rêver, c'est un sacré talent ! Un putain de sacré talent, comme tu dirais. J'ai pas mal roulé ma bosse, et je peux te dire que la plupart des gens n'ont pas ce talent. S'ils savaient rêver, on aurait un monde meilleur. S'ils savaient rêver, on fusillerait tous ces connards de milliardaires devant le mur des Fédérés. Si les gens savaient rêver, ils n'empêcheraient pas les autres de rêver. Ils ne les traiteraient pas d'idéalistes. Ils ne les tueraient pas pour faire taire à jamais la petite voix qu'ils ont eux-mêmes enfouie au fond d'eux à double tour. Toi, tu n'as pas peur de te montrer comme tu es. Avec tes forces et tes faiblesses. Tu ne joues pas le rôle qu'on veut te donner. Tu peux encore rêver de rester toi-même. C'est le plus beau des talents.

Ne l'oublie jamais. Sihem fixe Émile du regard mais ne dit rien. Tu peux remettre la boîte à sa place sur la pile. Moi je ne peux plus, avec mon dos. Elle hésite. Je préférerais continuer le cours de géo. Le sourire d'Émile l'invite à soulever le couvercle.

Hier, la plus jeune de ses filles lui a demandé si c'est à cause d'elle que son papa est parti. Rose a dû la rassurer jusque tard dans la nuit. Elle lui a promis aussi de réfléchir à la question du chat. Ses filles insistent pour qu'elle prenne un chat mais jusque-là, elle a tenu bon. Elle n'aime pas les animaux privés de liberté. Elle sait pourtant qu'il ferait du bien à tout le monde. Surtout en ce moment. Elle sait aussi qu'elle finira par céder. Après avoir déposé les petites à l'école, elle ne s'est pas rendue directement à la résidence. Elle a garé sa voiture le long de l'enceinte du cimetière, puis est allée se perdre dans ses allées. C'est la première fois qu'elle déroge à ses habitudes. Elle se demande si c'est un signe. Un signe de quoi, elle ne sait pas. Elle se promène et s'arrête au hasard devant les tombes. Elle déchiffre les noms des morts et se dit que les cimetières ressemblent à des mots croisés géants. Elle est en terrain connu. Elle reste comme ça une bonne demi-heure à déambuler avant de se fixer devant une stèle. Elle est aimantée par le nom de famille qu'elle lit. Sans comprendre pourquoi, elle reste plantée devant comme une idiote. Soudain, elle éclate de rire et comprend ce qu'elle est venue faire dans ce cimetière. Elle sort son téléphone portable de sa poche et prend une photo de la stèle sur laquelle trône le nom de la famille *El Hajoui*. Elle continue de rire toute seule en pensant que si elle a joui, alors c'est bien ! Son corps l'a traînée jusqu'ici pour lui faire retrouver son humour. Si on regarde bien, même dans un cimetière, il y a toujours de quoi rire. Elle regagne sa voiture et se rend à la résidence avec un poids en moins. Sitôt passé la porte d'entrée, elle sent qu'il y a de l'agitation. Dans la salle principale, une poignée de vieux s'invective, contenue par Mohamed, l'agent d'accueil qui leur évite d'en venir aux mains. Zapata déverse une colère inhabituelle sur Raymonde. Ta gueule, vieille sorcière ! Harpie ! Madeleine n'est pas en reste et soutient son camarade. Tu faisais quoi en 40, la facho ? Tu écrivais des lettres anonymes ? Collabo ! Raymonde se défend. J'avais deux ans en 40, bande de cons ! Communistes ! Au goulag, les deux ! Vous passerez le bonjour à Staline de ma part ! Zapata ne peut pas se contenir. Les vieilles biques comme toi, on devrait les piquer, bon débarras ! Raymonde aperçoit Rose. Voilà ce que c'est, de faire entrer des bolcheviques dans la maison ! Ils distribuent leur propagande à tout le monde. Tu peux être fière de toi ! Je te préviens, ça ne se passera pas comme ça ! Bonne journée ! Rose ne savait pas si l'arrivée de Madeleine aurait une incidence sur la vie de la résidence : elle a sa réponse. Le petit groupe venu assister au spectacle se disperse et Rose indique à Zapata et Madeleine de la suivre dans son bureau. Ils lui expliquent qu'ils étaient tranquillement en train de discuter sur la possibilité de faire quelque chose pour les migrants. La vieille facho les a entendus et est venue foutre la merde, comme d'habitude. Quand je te disais qu'elle est pas sourde ! C'est sa couverture d'agent de la Gestapo ! Rose demande à Émile de se calmer. Madeleine prend le relais. Il y a plein de studios vides : on pourrait accueillir quelques personnes, au moins une famille ou deux. Qui ça va gêner, à part les fachos ? On peut pas rester comme ça les bras croisés, alors qu'il y a tous ces gens qui crèvent la dalle dehors ! Zapata ajoute que même Gisèle et Constance sont d'accord avec eux. T'aurais cru, toi, que je me serais retrouvé un jour à faire équipe avec des bonnes sœurs ? Elles ont même pris un paquet de tracts ! Rose leur explique qu'elle ne peut pas prendre seule ce genre de décision. Elle a une administration au-dessus d'elle. Ce qui se passe dehors est juste insupportable, elle est d'accord, mais elle n'est pas le président de la République. Chacun a le droit de réfléchir à ce qu'il peut faire en son âme et conscience, mais elle n'a pas l'intention de se faire virer en prenant une décision comme ça toute seule. J'ai deux gamines à nourrir avec un seul salaire, alors je vous demanderai de bien vouloir me faire part de vos idées lumineuses avant de me mettre la pagaille. Le règlement stipule qu'il est interdit de faire du prosélytisme.

C'est mon boulot de le faire respecter. On est d'accord ? Vous me copierez cent fois : La résidence n'est pas une salle de boxe, si j'ai un problème, je vais en parler à la maîtresse d'abord. Émile ne veut pas lâcher l'affaire. Et la facho, elle est pas punie par la maîtresse ? Rose rétorque que les gens aigris se punissent tout seuls. Le vieux ne décolère pas. Il ne comprend pas non plus que Carmen, qui a pourtant vécu l'exode après la guerre d'Espagne en 1939, ne se range pas de leur côté. Les gens ont la mémoire courte. Elle serait où maintenant, elle, si la France n'avait pas accueilli les cinq cent mille réfugiés républicains ? Les Hongrois ou les Syriens, ils sont moins importants que les Espagnols ? Madeleine rappelle à Émile que la France a parqué les républicains espagnols dans des camps comme des animaux. C'est reparti pour de longues minutes d'échanges enflammés. Pour faire diversion et clore la conversation, Rose leur montre la photo qu'elle a prise dans le cimetière. Émile et Madeleine sortent du bureau en se tenant les côtes. Elle ferme la porte derrière eux et se prépare un café avec la machine à expresso. Ce n'est pas écolo, mais ce sujet-là aussi, on verra plus tard. Elle se rassied dans son fauteuil et regarde le planning du jour dans son agenda. Elle a une heure à tuer avant son premier rendez-vous. À condition que personne ne vienne sans prévenir. Ce qui arrive souvent. Elle aime ces imprévus qui empêchent la routine. Pour le moment, elle décide de relire le mensuel des résidences de la ville. La feuille de chou ne fait que six pages mais ce sera déjà ça de moins. Elle repère une coquille dans la présentation de l'atelier découverte du chocolat. Une autre dans celle du grand quiz du mardi sur les fruits et légumes de saison. Elle pense au peuple kurde qui au même moment se fait massacrer en Syrie par les troupes de Bachar. Bien sûr, Émile et Madeleine ont raison. Mais que faire ? Elle connaît la réponse de la mairie concernant les studios vacants. Ils en ont déjà parlé. La mairie accueille déjà de nombreuses familles syriennes, soudanaises, érythréennes ou irakiennes. Il n'y a rien à leur reprocher à ce sujet. Une kermesse ? Pourquoi pas. Les vieux ont toujours des choses à jeter. Organiser des rencontres avec des réfugiés ? Solliciter des volontaires pour faire du soutien en français aux enfants ? Elle pense déjà à toute la paperasserie qu'elle devra remplir. À tous les coups de fil qu'elle devra passer. Sans parler des rendez-vous à se coltiner. Des autorisations qu'il faudra solliciter. Cerise sur le gâteau, il faudra aussi remplir des montagnes de budgets. Elle sait qu'elle le fera malgré tout. Elle tient à ce que la résidence reste ouverte sur l'extérieur. Elle a déjà monté des projets avec les lycées, avec le musée d'Art moderne, la bibliothèque municipale, le cinéma ou le théâtre. Elle tient à ce que les résidents conservent des liens avec les actifs. Surtout avec les jeunes. Les projets intergénérationnels auxquels ils ont participé ont toujours été une réussite. Même si, au final, il y a très peu d'inscrits. Elle va réfléchir à ce qu'elle peut faire. Elle pense à ses enfants qui sont des réfugiés du divorce. Elle espère qu'ils n'auront jamais à fuir la guerre ou la misère. Elle pense au colibri qui, pour éteindre l'incendie, transporte des gouttes d'eau dans son bec et les déverse sur les flammes. Comme lui, elle fera sa part. Comme elle a toujours tenté de le faire.

Le sable lui brûle les pieds. Achir a soif. Partout, le bleu d'un ciel sans nuages et l'immensité ocre du désert. Il a dû abandonner son sac qui lui pesait trop. Il n'a plus d'eau. Il est perdu. Il a la tête qui tourne. Il ne parvient plus à déchiffrer les cartes. Son téléphone a rendu l'âme. Il ne sait plus pourquoi il a entrepris ce voyage ni s'il était accompagné. La seule chose dont il est sûr, c'est qu'il aurait déjà dû atteindre l'oasis depuis longtemps. Il avait assez de réserves. Il connaît le désert. Jamais il n'aurait cru pouvoir se faire piéger comme un vulgaire touriste. Le désert est un ami. Son ami lui tourne le dos et l'abandonne à une mort certaine. Quelle erreur a-t-il faite ? Quelle offense a-t-il commise pour provoquer une telle colère ? Il ne se souvient pas. Depuis combien de temps est-il parti ? La chaleur l'étouffe. Bientôt il ne pourra plus marcher. Il rampera comme un ver et sa honte lui pèsera encore davantage. Il n'a plus de forces. Ses yeux voient flou. Il pleure mais aucune larme ne coule le long de ses joues. Ses yeux sont secs. Tout en lui est sec. Il s'est vidé de l'intérieur. Son avenir s'est évaporé en même temps que la sueur. Il titube mais ne veut pas s'arrêter. S'il tombe, il sait qu'il ne se relèvera plus. Il pose un pied devant l'autre au hasard. Il ne voit plus rien. Il est devenu aveugle. Ses foulées sont celles d'un vieillard mais il tient bon. Sa main presse le mouchoir sur sa bouche et son nez. Il n'y a pas de vent mais s'il inspirait comme son corps le réclame, l'air lui brûlerait les poumons comme un lance-flammes. Où sont ses chaussures ? Il sent que la peau se décolle de la plante de ses pieds mais ça ne lui fait plus mal. Il ne sent plus la souffrance. Il est passé de l'autre côté. Bientôt ce sera la fin. Il avance comme un pantin et son ami tire les ficelles. Son ami qui lui a tourné le dos fait durer le supplice. Si seulement il pouvait se rappeler. S'il pouvait revenir en arrière et demander pardon. Revenir où ? Il ne sait plus d'où il vient. Il ne sait même plus son nom. Sa main sans force lâche le mouchoir. Le feu s'engouffre dans son corps et consume ce qu'il lui reste de vie. Il s'écroule. C'est la fin. Sa tête heurte violemment le sol et se fige dans sa dernière position. Il sent que la vie l'abandonne. Son ami a poussé le vice jusqu'au bout. Sa tête repose sur une flaque. Il a dû atteindre l'oasis. Il sent l'eau humecter ses lèvres. Il donne son dernier baiser et tout devient noir. Achir s'est redressé d'un bond et halète comme un animal traqué. Ses draps sont trempés. Dans son sommeil, il a bavé sur son oreiller. Il est trois heures du matin. Sa bouche est desséchée. Il a trop fumé avant de s'endormir. Comme chaque soir. Il ne peut pas fermer les yeux s'il ne fume pas. Il reste en veille. Il a dû crier pendant son cauchemar, car son oncle se tient devant lui et lui demande si ça va. Achir lui dit que tout va bien et qu'il peut retourner se coucher. Il attend que sa respiration se calme et que son pouls retrouve un rythme normal. Il se rend dans la cuisine et reste un long moment à boire au robinet. Il ouvre la porte du frigo et déniche un œuf dur qu'il avale en deux bouchées. Il se prépare un café. De toute façon, le sommeil est perdu. Il allume une cigarette et ouvre la fenêtre. Il fait nuit noire et pourtant on ne voit pas une étoile. Achir fume cigarette sur cigarette en buvant son café. Il attend que le jour se lève. Progressivement, les contours du décor se dessinent. Les immeubles et les arbres apparaissent. La clarté redonne vie à son quartier. Alors il se rappelle. Il se rappelle ce qu'il voudrait oublier. Enfouir à jamais dans les oubliettes de sa mémoire. Il se souvient du faire-part dans la boîte aux lettres. C'était une belle enveloppe blanc cassé qui jurait au milieu des courriers administratifs du garage de son oncle. Dessus, il y avait son nom. Il a ouvert l'enveloppe et parcouru des yeux la lettre et le plan. Son regard s'est arrêté sur la photo. Les visages de Mounia et de l'homme souriaient. Subitement, l'homme n'a plus eu de prénom. Il est devenu un anonyme et Mounia aussi. Le temps s'est arrêté sur le bouton pause de la date du mariage. Il n'a rien vu venir. Comme dans son rêve. Son amie l'a trahi et il se demande ce qu'il a fait pour mériter ça. Il entend claquer la porte d'entrée. Son oncle est parti travailler. Son oncle ne prend jamais de petit déjeuner. Achir est seul dans la maison. Seul au monde. Il se rend dans la salle de bains et se regarde dans la glace. Avec sa forêt de dreadlocks sur son corps décharné, il a l'air d'un palmier mort. Les cernes sous ses yeux disent les efforts passés à survivre dans la peau du gentil Achir. Achir l'ami de tout le monde. Achir le confident. Achir l'optimiste. Cet Achir-là n'est plus. Son espoir s'est évaporé comme la rosée au soleil du bonheur de Mounia. Il saisit une mèche de cheveux de la main gauche. De la droite, il s'empare des ciseaux. Il observe dans la glace les lames qui taillent dans le vif. La mue a commencé. Un à un, les troncs de la forêt sont coupés à la racine. Les plus résistants sont sciés au cutter. L'opération est menée avec une froideur chirurgicale. Bientôt, un tapis de cheveux gît à ses pieds. Des bouts de son crâne luisent sous le néon au milieu des souches. Des filets de sang serpentent dans les interstices. Achir achève le travail au rasoir électrique. Sa peau le brûle. Il verse le désinfectant sur un coton et l'applique sur le champ de bataille. Il a l'impression que l'acidité pénètre son cerveau. Sa tête ressemble maintenant à l'œuf dur qu'il a mangé plus tôt ce matin. Achir se regarde dans la glace et ne se reconnaît pas. Qui est cet étranger qui l'observe avec des yeux muets ? En même temps que Mounia et l'homme, Achir est devenu un anonyme. Un corps sans histoire. Une enveloppe avec dedans le faire-part annonçant la fin des illusions. Achir est un fantôme dans un pays de fantômes. Il porte en lui cette jeunesse décimée par son propre camp pendant la guerre de libération. Ces étudiants des villes venus rejoindre le maquis une fois perdue la bataille d'Alger. Cette jeunesse porteuse d'espoir, formée sur les bancs de l'université, qui aurait dû constituer les cadres du pays libéré. Achir se regarde dans la glace et il y reconnaît chacun des combattants torturés et tués par Amirouche et les autres. Son pays serait différent si la folie sanguinaire de quelques-uns ne l'avait pas amputé de ses forces vives. Achir sait que les services de renseignement de l'armée française étaient à l'origine de cette paranoïa mais ça lui est égal. Il se regarde dans la glace et il voit chacun de ces jeunes qui étaient devenus des chefs visionnaires. Il ressent l'humiliation d'avoir été trahi par les siens. Au fond, est-ce que ce n'est pas ça, ce que dit son rêve ? Achir se regarde dans la glace et il distingue tous ces visages éteints. Il voit les hématomes et les oreilles coupées. Les nez tranchés et les yeux arrachés. Le sang coagulé dans les trous formés par les balles. Il voit le trait que l'histoire a tiré sur ses rêves. Qui est cet homme qui le regarde depuis la glace ? Comment le savoir dans un pays où l'on ne peut pas dire *je* sans demander pardon à Dieu ? Achir le regarde fixement. Les brûlures sur son crâne sont les stigmates d'une histoire qu'il voudrait oublier. D'une histoire qui n'est pas la sienne puisqu'il n'était pas né. Achir écrase son poing sur le visage de l'homme. Le miroir éclate. L'homme disparaît. Achir est seul. Sa main saigne aussi maintenant. À ses pieds, une forêt décimée et des éclats de verre brisé. Achir pense à Mounia et se met à pleurer. Il ne peut plus voir les larmes dans la glace. Il sait qu'elles sont la flaque de son cauchemar.

Ils sont partis tôt hier de la gare Saint-Lazare. Tous les élèves sont venus, sauf Samir. Sihem a entendu une discussion entre profs qui disait que Samir a une phobie sociale. Elle se demande ce qu'ils doivent dire à propos d'elle. S'ils mettent un mot ou une expression sur ce qui ne tourne pas rond dans sa tête. Samir ne viendra pas. C'est dommage. Elle l'aime bien. Elle aime bien les voyages en train, aussi. Le tac-tac des roues sur les rails la berce et elle oublie le reste. Elle ne pense à rien. Son cerveau ne mouline plus comme le tambour d'une machine à laver. Ils sont descendus à la gare de Valognes. De là, un bus les a conduits à Barneville-Carteret. Le gîte est isolé de la ville. Les profs ont dû le choisir pour qu'ils n'aient pas la tentation de faire le mur le soir. C'est le séminaire de révision du bac de français. Hier soir, ils ont fini de travailler à vingt-deux heures. Elle a adoré cette journée. Avant de commencer, ils sont allés voir la mer. Tout le monde ne s'est pas baigné. Elle, si. C'est la première fois qu'elle se baignait dans la Manche. L'eau était froide, mais ça lui a fait du bien. Ça l'a lavée de ce qui cloche dans sa tête. Comme le regard d'Hélène ou de Zapata. Leurs yeux sont remplis d'eau de mer et elle peut s'y baigner tranquille. Elle y nage comme un poisson dans l'eau, même si Zapata a les yeux marron. Elle lui a demandé mais il n'avait pas de carte de restaurant de Barneville-Carteret. Elle rapportera celle du gîte et la mettra dans la boîte. Ça fait une semaine qu'elle ne l'a pas vu. Ça l'inquiète un peu, même si elle sait que les ours mal léchés ont parfois besoin d'hiberner. Après le bain de mer, ils sont allés travailler. Hélène leur a distribué à chacun une enveloppe avec à l'intérieur les objectifs à atteindre. Ce qu'elle a préféré, c'est quand ils se sont mis en binôme et se sont entraînés à l'oral. Elle s'est mise avec Kenza qui, en guise d'introduction, lui a lu le mantra du jour : *L'expérience vous apportera la force et la confiance d'être vous.* Pour l'instant, l'expérience lui a surtout appris qu'on ne naît pas égaux en droits. Que *Liberté, Égalité, Fraternité* est un slogan publicitaire mensonger pour vendre la marque France. Elle ne l'a pas dit à Kenza. Autant bien commencer le séjour. Elle ne se sent pas trop stressée pour l'écrit, mais l'idée de l'oral lui donne mal au ventre. C'est le comble, être une grande gueule et avoir peur de parler devant quelqu'un. Ce qu'elle redoute, c'est de ne pas voir la mer dans le regard de l'autre. Ça la tétanise. Elle suffoque. Elle s'asphyxie. Comme un poisson sorti de l'eau. Est-ce qu'elle est folle ? Face à Kenza, ça va. Mais l'examinateur ne sera pas Kenza. Ni Hélène. On l'a toujours sacquée jusque-là. Pourquoi ça changerait ? Après l'exercice qui s'est pourtant bien passé, elle est allée vomir. Elle s'est enfermée dans le dortoir. Hélène est venue lui parler. Elle lui a dit des mots apaisants comme le tac-tac des roues du train sur les rails. Elle lui a dit que c'est normal d'avoir peur. Ce qui est important, c'est ce qu'on fait de cette peur. C'est comme nager. Si on se laisse impressionner par l'immensité de l'océan, on se sent tout petit, on panique et on coule. On peut aussi choisir de pousser avec les jambes et avec les bras : de se servir de l'eau pour avancer. Aller vers la terre ferme. Hélène a toujours les mots qu'il faut. Une image à sortir de sa besace. Elle trouve toujours la solution aux problèmes. Sihem lui a demandé : Comment faire pour avancer avec ceux qui n'ont pas la mer dans les yeux ? Hélène a réfléchi. Tu te transformes en oiseau ! Tu prends de la hauteur. Tu n'es pas n'importe quel oiseau. Tu es un drôle d'oiseau. Un oiseau rare. Hélène lui a montré sur son portable les photos prises à Ouessant. Elle lui a parlé de sa passion. Lui a décrit ses espèces préférées. Sihem a dit qu'elle était un aigle qui fonce sur sa proie. Non, je sais, si je fonce sur l'examinateur comme sur une souris, c'est pas gagné ! Sihem a finalement décidé qu'elle serait une oie à tête barrée. Je suis barrée mais je suis un des oiseaux qui vole le plus haut. Impossible de m'attraper ! Elle est retournée travailler dans le jardin. La sensation de ses pieds nus sur l'herbe lui a fait du bien. Elle n'est pas obligée d'étudier à l'intérieur ou à une table. Chacun fait comme il veut. La journée s'est écoulée sans qu'elle la voie passer. Tout en révisant, elle a observé Hélène aller de groupe en groupe. D'un élève à l'autre. Prendre du temps avec chacun. Ne jamais perdre patience. Supporter les maux de ventre, les pleurs, les crises de nerfs de tout le monde. Elle a même joué au foot avec les garçons pendant les pauses. Les autres profs aussi sont des héros mais, elle, c'est une extraterrestre. Elle la regardait et subitement, pour la première fois, elle s'est sentie être une petite fille. La petite fille est en vacances. Il y a plein d'enfants comme elle. C'est son anniversaire. Maman est là. Elle regarde maman et elle se sent protégée. En sécurité. Rien ne peut lui arriver. Pour la première fois, elle s'est sentie reliée avec ce qu'elle n'a pas connu et qui lui manque tant. Elle aurait voulu se jeter dans les bras de maman et la serrer très fort pour sentir sa chaleur. Les rayons du soleil lui chauffaient les pieds mais elle savait que cette chaleur-là est infiniment plus intense. La chaleur du sang qui coule dans les veines. Son sang à elle porte le virus de l'abandon. Des larmes ont coulé sur son visage. Cette fois elle n'a pas voulu parler à Hélène. Elle a gardé ses pleurs pour elle. Précieusement. Ses pleurs lui appartiennent. Cette première fois est si précieuse qu'elle ne se partage pas. Elle a toujours pensé que les enfants d'Hélène avaient de la chance. Mais elle ne s'était jamais sentie à leur place. Pas comme ça. Aussi intensément. Elle sait que ce moment restera gravé en elle comme le début d'autre chose. Elle le chérira et le gardera comme un trésor. Hier soir, elle s'est endormie avec son secret malgré les discussions jusqu'à pas d'heure dans le dortoir. Elle n'a pas eu d'insomnie. Elle n'a pas fait de cauchemar. Elle s'est réveillée ce matin avec le soleil. Les profs étaient déjà sur le pied de guerre. Les héros et l'extraterrestre ont mis une heure à réveiller tout le monde. Tout le monde sauf Rachney qui manquait à l'appel. Il n'a reparu qu'en fin de matinée au moment où Hélène allait appeler la police. Rachney sentait l'alcool et avait les yeux rouges. Il s'est énervé et s'est mis à cogner sur un arbre avec ses poings. Elle a cru qu'il allait frapper Hélène et elle s'est mise à crier. Rachney a rompu le pacte qui est de ne pas fumer et de ne pas boire. Elle ne sait pas comment va se passer la fin du séjour pour lui. Elle se dit que ce n'est pas son problème et décide de continuer à travailler. Rien ni personne ne l'empêchera plus de travailler ! Elle aime la littérature et les histoires que lui racontent les auteurs. Elle veut avoir une bonne note même si elle n'aime pas les notes. Elle n'aura pas peur de l'examinateur. Elle sera une oie à tête barrée et rien ne pourra l'atteindre. Après la pause déjeuner, elle est allée caresser les ânes des propriétaires. Il y a des chèvres aussi, dans un enclos. Un chien qui vient parfois renifler ses feuilles de cours. Elle aime les animaux. Ils ont tous la mer dans les yeux. Elle aime ce moment. Demain, il faudra partir. Elle voudrait rester longtemps, mais elle ne sera pas triste. Elle regardera le verre à moitié plein. Elle aura pleinement vécu ce moment. Elle ne sera pas passée à côté comme d'habitude. Elle ne se sera pas regardée le vivre de l'extérieur. Elle rit en relisant le texte de Rabelais qu'ils ont étudié en début d'année. Elle se sent pleine. Elle est reliée au monde. Elle a envie d'être amoureuse.

La fin d'année a été éprouvante. La mobilisation pour éviter l'expulsion de Mame Diarra l'a épuisée. Hélène ne comprend pas qu'on puisse renvoyer chez elle une gamine qui a fui le pire et a soif d'étudier. Une gamine toujours souriante et qui ne se plaint jamais. Une gamine qui aime la France et voudrait lui offrir sa jeunesse. Elle ne supporte plus le cynisme des puissants. Elle ne supporte plus le mot frontière. Elle ne sait pas si les démarches finiront par aboutir. Depuis qu'ils ont alerté la presse, elle a senti un léger fléchissement des autorités. Personne n'aime être taxé d'inhumanité. Les délégations de soutien ont été reçues jusqu'au plus haut niveau de l'État. L'attente aussi est insupportable. On ne saura rien avant la rentrée prochaine. Non, Mame Diarra n'est pas une djihadiste. Non, Mame Diarra n'a pas de casier judiciaire. Non, Mame Diarra n'a pas de mauvaises fréquentations. Mame Diarra lutte de toutes les forces que la vie lui a laissées pour s'en sortir. Mame Diarra a été violée dans son pays à l'âge de treize ans.

Mame Diarra a été rejetée par sa famille parce que la responsabilité et la honte sont toujours imputées aux victimes. Mame Diarra a été battue par son père. Par ses oncles. Son frère aîné. Mame Diarra ne se plaint pas. Mame Diarra a vécu la médiatisation de son histoire comme une nouvelle agression. Il a fallu beaucoup de patience pour lui faire comprendre que c'était la seule issue. Mame Diarra n'aime pas parler d'elle. Elle trouve ça impudique. Mame Diarra est l'élève la plus assidue en classe. Elle ne demande rien. Elle espère juste des papiers pour s'y écrire un avenir. Sihem s'est beaucoup investie pour soutenir son amie. Un jour, après les cours, elle a tenu à présenter Émile à Hélène. Le vieux les attendait devant la grille du lycée. Hélène l'a tout de suite bien aimé. Ils sont allés boire un verre ensemble au café du coin. Hélène avait envie d'alcool mais les profs ont pour règle de ne jamais boire devant les élèves. Elle a bu un thé. Émile, lui, a pris un ballon de côtes-du-rhône. Puis un autre. Il s'est proposé pour fabriquer des banderoles et écrire des slogans. Il connaît par cœur tous ceux de la Commune et de Mai 68. Quand elle a entendu Sihem l'appeler Zapata, elle s'est souvenue du mot qu'elle avait écrit en conclusion de l'entretien de raccrochage : *Aujourd'hui, Zapata n'est pas venu. J'espère qu'il va bien.* Le vieux l'a impressionnée. Il connaît aussi tous les slogans de la révolution mexicaine ! L'année scolaire est finie. Elle est en vacances mais elle sait qu'elle ne sera pas tranquille jusqu'au verdict. Son mari et ses enfants marchent devant elle dans les allées du parc du Marquenterre. Elle aime regarder ses fils prendre progressivement leur envol comme ces oiseaux qu'ils observent à la jumelle. Ses enfants ont des papiers et des parents. Ont-ils aussi leurs angoisses ? Son mari, à qui elle ne voit rien à reprocher, est-il ici pleinement ou ailleurs aussi en même temps ? On ne connaît jamais vraiment quelqu'un. Ils ont loué cette petite maison à Saint-Valéry et ça leur va bien. Hier, depuis la promenade, ils ont eu la chance d'observer des phoques. Elle aime la baie de Somme. Elle aime cette ville qui a inspiré à Victor Hugo le poème *Oceano Nox*. « Combien de patrons morts avec leurs équipages ? » Cette année, ils sont arrivés à bon port. Pour la première fois, le microlycée a eu 100 % de réussite au bac. C'était merveilleux de voir les visages radieux des élèves le jour de la remise des diplômes. Chacun y est allé de son petit discours. Léo l'a fait pleurer. En arrivant au lycée, il était boulimique. Il a dit : Maintenant, je suis boulimique des livres. D'habitude, elle se blinde pour ne pas craquer en public mais, là, après la bataille pour Mame Diarra, les digues ont lâché. Ce qui l'a le plus émue, c'est que Léo aussi pleurait. Il tremblait de tout son corps. Le voir oser une émotion, c'est son plus beau cadeau. La réussite au bac, c'est moins important. Tout le monde a applaudi. Ils se battent pour ces instants-là. Pour ces sourires qui apparaissent sur des visages habituellement fermés. « Où sont-ils les marins sombrés dans les nuits noires ? » Cette année, le bateau a tenu. Il y a bien eu des tempêtes, mais l'équipage n'a pas plié. Elle observe son mari et ses enfants qui se passent les jumelles à tour de rôle. Ont-ils conscience que ce qu'ils guettent, c'est la possibilité renouvelée de leur propre envol ? Ce matin, à marée basse, ils ont effectué à pied la traversée qui va de Saint-Valéry au Crotoy. Ils ont déjeuné avec Julia et sa fille au restaurant de l'hôtel Les Tourelles. Julia est nouvelle au microlycée. Elle enseigne aussi le français et assure l'intérim en philosophie en attendant un nouveau titulaire. Hélène et Julia se sont d'emblée senties proches. Elles ont convenu de ces vacances à proximité mais ont tenu chacune à garder leur espace. Elles ont eu plaisir à se retrouver autour d'un plateau de fruits de mer. À parler de tout et de rien, sauf du travail. Hélène repense à ce jour où elle a reçu Julia. Elle arrivait de Barcelone où elle enseignait au Lycée français. Elle était venue à l'entretien avec son bébé. Hélène lui avait demandé ce qui la motivait à quitter une si belle ville pour la banlieue. Julia avait répondu qu'elle en avait assez de la jeunesse dorée. Que son compagnon étant espagnol, après leur séparation, elle avait voulu quitter aussi l'Espagne. Son inspectrice lui avait parlé du poste vacant au microlycée et elle était venue parce que ce n'était pas loin de Paris. Sans conviction. Elle ne connaissait rien au décrochage scolaire. Plus tard, elle a dit à Hélène que pour la première fois, elle n'avait pas été angoissée en entrant dans un lycée. Elle avait connu le service militaire des profs, d'affectation éloignée de chez elle en affectation non désirée. Elle avait connu ensuite le confort des classes d'enfants nantis. Au microlycée, elle avait eu l'impression de découvrir enfin l'école. Ce qui l'avait tout de suite impressionnée, c'était le désir d'apprendre des élèves. L'envie d'école. Julia ne veut pas enseigner toute sa vie. Elle a repris en parallèle des études de psychologie. Pour elle, le microlycée est une conclusion inespérée à sa carrière d'enseignante. Elle l'a dit un jour à Hélène. Une fois qu'on a découvert la Sagrada Familia, qu'on a été saisi par sa lumière, les autres cathédrales deviennent austères. Hélène est attendrie par sa nouvelle collègue. Elle a l'impression de se voir quelques années en arrière, malgré leurs différences. Elle l'admire aussi, d'élever seule sa fille, tout en travaillant et en ayant repris les études. Alors qu'elles en parlaient, un jour, Julia s'est confiée. Elle a dit que, comme les élèves, elle escalade la montagne. C'est dur, mais elle sait que, parvenue au sommet, elle verra plus loin. Elles étaient bien, ce matin, à déguster des huîtres et à boire du pouilly. Elles sont amies. Hélène observait Julia et appréciait la bienveillance avec laquelle elle s'adressait à sa fille. Toutes les deux, elles savent qu'il n'y a pas de bonne éducation. Que l'important, c'est l'individu. Que le pouvoir ne veut pas s'adresser à des individus. On ne domine que les masses. Ses enfants lui ont passé les jumelles et elle regarde les rapaces. Ils ont vu les faucons et les éperviers. Il se fait tard mais elle ne souhaite pas rentrer avant d'avoir aperçu le balbuzard pêcheur. Ce qu'elle aime en lui, c'est son nom. Il lui évoque Zanzibar. Les enfants sont fatigués. Son mari les a emmenés manger une glace à la boutique. Encore un quart d'heure avant la fermeture. Elle espère l'apercevoir. Elle le doit. Elle repense à Mame Diarra et l'imagine à sa place avec les jumelles. Soudain, elle décide de fermer les yeux. Mame Diarra aperçoit dans les jumelles le balbuzard qui tient un passeport dans son bec. Hélène n'attend pas l'expiration du quart d'heure. Elle détourne le regard du rocher des rapaces et se dirige vers la sortie. Ce soir, elle décrira l'oiseau qu'elle n'a vu qu'en image. Et ce sera vrai.

Émile referme le livre sur les Panama Papers qu'il a payé un euro au petit bouquiniste situé derrière le RER. Il se dit que le monde est vraiment pourri. Il se lève péniblement de son lit et va s'asseoir sur le fauteuil, comme dans la chanson de Brel. Sa jambe et son dos lui font mal, mais il a décommandé Joao. Aujourd'hui comme hier, il ne veut voir personne. Les mots tournent en boucle dans sa tête. Paradis fiscaux. Offshore. Blanchiment. Avant, le vieux monde le faisait rêver. Il s'en est débarrassé en donnant sa collection de timbres de l'époque coloniale française. Une kermesse a été organisée pour aider la famille syrienne qui vient maintenant régulièrement à la résidence. La majorité a participé, à l'exception de Raymonde et de quelques vieux grincheux. Le nom de chaque colonie évoquait dans son imaginaire de gamin un destin synonyme d'aventures. Il n'a jamais eu les moyens de voyager, alors il s'évadait en feuilletant sa modeste collection. Il a profité de la vente de ses albums pour expliquer à

Sihem que l'Oubangui-Chari est devenu la République centrafricaine. Que le Bénin s'appelait Dahomey et le Burkina Faso, Haute-Volta. Elle a découvert que le Mali était auparavant le Soudan français, que Djibouti s'appelait Territoire d'Obock. Que les Nouvelles-Hébrides se nomment aujourd'hui Vanuatu. Sihem ne savait pas que le Cambodge de monsieur Ving avait été un protectorat français ni que le Viêt Nam se composait du Tonkin, de la Cochinchine et d'Annam. Les noms ont changé mais rien de nouveau sous le soleil. C'est toujours la loi du plus fort. Émile regarde par la fenêtre les gamins du centre aéré qui jouent à cache-cache. Au fond, c'est ça, la vie. Une partie de cache-cache avec soi-même, où on ne se trouve jamais. Les rires et les cris des enfants emplissent le studio. Émile se dit qu'un jour, il devra retourner là-bas. Bientôt. Le professeur peut effacer le cours d'histoire sur le tableau. L'Histoire, elle, demeure. Il se demande ce qu'elle décidera du sort de Mame Diarra. Il a fait ce qu'il a pu. C'est-à-dire pas grand-chose. C'est déjà mieux que rien. Avec Madeleine, ils ont recyclé des vieux slogans pour les banderoles. Ils ont aussi participé à un sit-in devant la préfecture. Si Madeleine a été de toutes les manifestations, Émile n'a pas pu suivre à cause de sa jambe. En côtoyant ces jeunes, il se demande comment leur génération peut s'inventer un avenir. Le monde a changé en pire. Comment être insouciant avec le chômage, les attentats et le réchauffement climatique ? Comment être jeune ? Les vieux comme lui ont connu la guerre, c'est vrai. Tout n'a pas été facile. Mais il y avait du travail. Les gens se parlaient. Sans avoir les yeux rivés sur un écran de téléphone. Les gens se réunissaient. On ne dînait pas devant la télé. On ne s'écrivait pas dix mille messages par jour pour remplir le vide. Émile soupire. Voilà qu'il pense comme un vieux con. Au lieu de ça, il ferait mieux de continuer à ranger. Il s'est décidé à se débarrasser de tous ses cartons. Il pourra toujours en tirer quelque chose pour Sihem, Mame Diarra ou la famille syrienne. Sihem ne savait pas que la Syrie aussi avait été française. Émile possédait un vieux timbre du territoire des Alaouites. Ils ont fait des recherches sur Internet et ont lu les pages consacrées au Grand Liban, à l'État de Damas et à l'État d'Alep. Sihem a condensé cette période dans une phrase qui n'appartient qu'à elle : Putain, la France, en fait, elle a foutu la merde partout ! Ça fait une semaine qu'il ne l'a pas vue. Elle lui manque mais il a envie d'être seul. Envie ou besoin, il ne sait pas trop au juste. C'est comme ça. Elle est comme lui, elle comprendra. Depuis une semaine, il n'est pas sorti du studio. Il a pris ses repas chez lui. De toute façon, il n'a pas faim. Il mange n'importe quoi et ça lui plaît. Pâté, saucisson, fromage. Tout ce qu'il ne faudrait pas. Il a encore quelques bouteilles en réserve, aussi. De quoi tenir un siège. Il résiste héroïquement aux assauts de Madeleine qui vient tambouriner tous les jours à sa porte. Rose s'est inquiétée. Il lui a répondu que tout allait bien, qu'il en avait juste ras-le-bol de voir des vieux toute la journée. Qu'il est interdit d'interdire et que réflexion faite, si : Il faudrait interdire Raymonde. Peut-être alors, il sortirait de sa cachette ! Rose a dit : Émile, vous êtes un vieux con, mais votre connerie nous manque ! Ils ont ri tous les deux. Les voix des gamins se sont tues. Un moineau est venu se poser sur le rebord de la fenêtre. Émile a oublié d'acheter les graines. Il se lève péniblement du fauteuil et se met à chercher le carton. Il finit par le trouver au milieu des autres. Il ne l'a pas ouvert depuis des années. Il retourne s'asseoir et pose le carton sur ses genoux. Le moineau a disparu, comme sa jeunesse. Émile ferme les yeux un instant, prend une légère inspiration puis ouvre la boîte. Les photos sont là, à leur place. La plupart sont en noir et blanc. Certaines ont jauni et sont devenues sépia. Émile les prend l'une après l'autre. Regarde longuement chaque cliché avant de le remettre dans le carton. Après avoir passé en revue tout son contenu, il le referme et le laisse là, sur ses genoux, les mains posées dessus. Par la fenêtre, derrière la cour de récréation du centre aéré, il distingue les barres d'immeubles dans lesquelles, dans les années soixante, on logeait les immigrés venus construire la France. Il faut qu'il y retourne. Il se l'est promis. Le temps n'est pas infini. Les barres se sont multipliées et se dressent aujourd'hui comme une forêt de dominos dans le ciel gris. Les constructeurs n'ont pas pensé qu'un domino entraîne les autres dans sa chute. Il regarde par la fenêtre et laisse venir à lui la voix de Léo Ferré. « Et quand j'me retrouverai seul / Pour mes dernières gammes / Moi, j'crèverai sans une fille / Dans une banlieue. » Depuis qu'il est à la résidence, cette chanson le poursuit. Il se surprend souvent à la fredonner sans s'y attendre. Les mains posées sur le carton, la mélodie dans les oreilles, il s'endort. Dans son rêve aussi, la fenêtre est ouverte. La forêt de dominos est en flammes. L'oiseau revient se poser sur le rebord, mais ce n'est plus un moineau. C'est un immense et fabuleux phénix qui regarde Émile dans les yeux. Le vieillard sent une force intérieure qui le ranime. Il se sent incroyablement bien. L'oiseau est magnifique. Son cou a la couleur de l'or et ses plumes brillent d'un rouge plus vif que le sang. L'incendie prend fin. Le ciel gris devient bleu. Les voix des enfants sont revenues. Émile fixe l'oiseau légendaire. En arrière-plan, une vraie forêt a poussé. Le vert des arbres est éclatant. Émile est saisi par le spectacle. Le phénix se tient toujours, majestueux, devant lui. S'il n'avait pas de bec, Émile jurerait qu'il lui sourit. Des larmes coulent de ses yeux perçants. Émile voudrait dire quelque chose. Il tend la main vers l'oiseau mais celui-ci disparaît comme par enchantement. Émile se réveille. Ses yeux sont mouillés. Le carton est toujours posé sur ses genoux. Ses mains le protègent comme un trésor. Émile regarde un long moment par la fenêtre. Il ne pense à rien. Ses yeux sont secs, désormais. Il se décide à se lever afin de ranger le carton à sa place. Il n'a plus mal au dos. Sa jambe ne l'élance plus. Il va y retourner. Sa décision est prise. Le temps n'est pas infini. « Avec le temps, va, tout s'en va. » Tout arrive, aussi.

Aujourd'hui, ses trois soleils brillent. Celui qui est à tout le monde, et ses deux filles qui courent sur la route Robert-Joly. Cette année, elles ne partent pas en vacances. Les frais d'avocat dus au divorce ne le permettent pas. Heureusement, les petites ont pu profiter de deux semaines à la montagne, chez sa sœur. Rose a pu respirer un peu. Reprendre des forces. Leur absence lui a fait du bien. Maintenant elles sont là, avec elle. C'est bien aussi. Ce matin, elle a reçu un e-mail d'Émile. *Couche aux grands pieds en sept lettres* : liberté. Elle a eu beau réfléchir, elle n'a pas compris et lui a répondu par un point d'interrogation. Son téléphone a bipé une seconde fois. Le lit de Berthe aux grands pieds. Elle a ri toute seule dans sa cuisine. Évidemment, pourquoi n'y a-t-elle pas pensé ? La définition était quand même alambiquée. Est-ce qu'elle perd la main ? Les chênes et les châtaigniers la regardent passer. Derrière l'un d'eux, l'angoisse d'Alzheimer la guette. Émile l'inquiète, aussi. Lui qui est d'habitude si charmeur s'est refermé comme une huître. Rose remarque toujours le moindre changement chez ses résidents. Le petit signe qui alerte. Là, elle ne sait pas ce que signifient ces sautes d'humeur. Ce n'est sûrement rien. Les vieux sont souvent comme ça. Un jour ils acceptent de vieillir, le lendemain non. Elle pense à ce mot : liberté. Elle ne s'est jamais demandé si elle était libre. Elle a toujours foncé. Elle se demande si ses filles le seront. La vie est plus dure pour les femmes. Beaucoup sont encore excisées, battues, mariées de force. Elles gagnent moins que les hommes qui les considèrent comme des mères ou des marchandises. Elle espère qu'elles sauront s'entourer et se choisir un conjoint valable. Ou ne pas s'en choisir. Elle a parfois peur de ne pas être un bon exemple. Elle se dit qu'elle a fait comme elle a pu avec les armes qu'elle avait. Ce soir, elle leur fera des crêpes. Elles feront un karaoké. Les petites adorent ça. Elle aime les voir être simplement des enfants. Ensemble, elles joueront avec Robert. Elle a fini par abdiquer et se dit qu'elle a eu raison. Le chat leur fait un bien fou à toutes. Les filles se sont chamaillées pour lui trouver un nom, alors elle a tranché. Le chat s'appelle Robert Joly. Les petites ont trouvé ça rigolo. Ça lui fait drôle de découvrir si tard que Robert Joly n'est pas un héros ni un mythe mais un petit chat roux. Peut-être a-t-il été un prince charmant dans une vie antérieure ? Ça ne change rien à son mystère, au contraire. Elle repense à ce mot, liberté. Elle se demande ce qu'elle aurait fait en 40. Si elle aurait eu le courage de se battre. De cacher des Juifs ou de distribuer des tracts. Elle se demande si elle aurait parlé sous la torture et ce qu'elle aurait fait si elle avait vécu dans le Cambodge de monsieur Ving. Elle se demande si elle aurait tenu comme Simone Veil sous les huées et les insultes sexistes de députés indignes. Elle se demande pourquoi elle pense à tout ça. C'est à cause de ce mot : liberté. Elle a signé la pétition pour Mame Diarra qu'Émile a relayée sur les réseaux sociaux. Émile l'épate. Il est devenu un vrai expert en informatique. Est-ce que signer une pétition en ligne est un acte de courage ? Est-ce ça, se battre pour ce mot : liberté ? Tous ces gens qui s'indignent en cliquant derrière leur écran, qu'est-ce qu'ils auraient fait en 40 ? Est-ce qu'ils auraient eu le courage de se battre, de cacher des Juifs ou de distribuer des tracts ? Rose marche dans la forêt de Rambouillet et envie ses filles qui ne savent pas encore ce qu'étaient un nazi ni un Khmer rouge. Elles ne se demandent pas encore ce qu'elles auraient fait dans une France occupée. Elle se dit qu'au fond l'enfance est la véritable liberté. Si on la laisse éclore à son rythme comme une fleur au soleil. Si les parents ou la société ne la coupent pas au sécateur. Elle pense à Robert Joly et se demande s'il a une conscience. Lui qui ne connaît pas le mot liberté, peut-il savoir qu'on l'en prive ? Est-ce qu'il le ressent, au moins ? Ça lui fait mal au cœur de le faire vivre dans un appartement, mais il n'a pas l'air malheureux. Quand la question affleure, elle essaie de penser à autre chose. Elle est en vacances et pourtant, c'est la guerre qui lui vient à l'esprit. Les massacres chimiques en Syrie et le conflit israélo-palestinien. Est-ce qu'elle se sent menacée ? Il y a de quoi, avec un pitbull à la Maison Blanche et un serpent au Kremlin. Non, c'est autre chose. Ce n'est pas la guerre. C'est plus sourd, plus profond. C'est là. En permanence. C'est plus un vide qu'une menace. C'est un gouffre abyssal qui menace de l'engloutir. Elle regarde ses filles courir au milieu des arbres. Elle est heureuse de ne pas les tenir en laisse comme d'autres avec un cordon ombilical qu'elle n'aurait pas coupé. Elle les protège mais ne les retient pas. Ensemble, elles sont reliées mais chacune est seule. Elle comprend que c'est cette solitude qui lui serre la gorge. Que c'est le manque d'amour. Elle a peur de finir sa vie seule après ce qui vient de lui arriver. Elle a beau plaisanter avec ses amis et leur dire qu'elle a déjà donné, elle sait que c'est faux. Les bras d'un homme lui manquent. Le corps, le regard et la présence d'un homme lui manquent. Le désir, aussi. Elle a peur que l'amour n'existe pas. Elle a peur de ne plus jamais ressentir son corps. Le cœur qui accélère. Les joues qui rougissent. Elle a peur de devoir s'endormir toute sa vie avec des grilles de mots croisés. Elle a peur de répéter les mêmes erreurs. D'être quittée de nouveau. Abandonnée comme un chien sur la route des vacances qu'elle n'a même plus les moyens de prendre. Elle sait que le chemin va être long. Remonter la pente ne sera pas facile. Il va falloir qu'elle reprenne confiance. Qu'elle fasse taire cette petite voix qui lui murmure la nuit qu'elle n'en vaut pas la peine. Que quelque chose en elle ne tourne pas rond. Qu'elle ne mérite pas. Elle la hait, cette petite voix sournoise. Ce connard l'a bien détruite. Elle se sent salie. Humiliée. Pour lui, elle ne valait pas mieux qu'un mouchoir en papier qu'on jette après s'être essuyé la morve dessus. Pour lui, ses filles ne valent pas un sourire. Une attention. Une présence. Elles ne méritent pas une pension alimentaire. Pour lui, ses filles n'existent pas. Elle non plus n'existe plus. Comment peut-on rayer les gens de sa vie comme ça, d'un trait ? La chair de sa chair. C'est ce que faisaient les nazis. Rayer les gens d'un trait, par balle ou dans les chambres à gaz. L'absence aussi tue. Elle a peur d'Alzheimer mais elle sourit en se disant qu'au moins la maladie lui ferait oublier le connard. Elle regarde ses filles et pense à la soirée crêpes qui les attend. Cet été, il n'y a pas de vacances, mais être ensemble vaut tout l'or du monde. Elle se dit qu'elle sera toujours là pour elles. Elle le sait. Elle le sent. Il y aura des hauts et des bas, mais elle ne renoncera pas. Elle le leur doit. C'est peut-être ça, l'amour. Un lien qui attache mais n'enferme pas. Son métier aussi la fera tenir. Ses vieux avec leurs rires et leurs colères. Leurs qualités et leurs défauts. Elle pense à Émile et à Madeleine. Se demande s'ils ont une histoire. Elle pense à Raymonde et se dit qu'elle l'aime bien malgré tout. Elle se souvient de Jeanne qui a pris la forme d'une lune autour de son cou. Elle touche le pendentif et sourit. Elle n'a plus peur. Elle n'est pas seule. Ses filles reviennent à sa hauteur et lui attrapent les mains. Il est temps de rentrer. Leurs petits doigts enserrés dans les siens, elle se sent puissante. Indestructible. Toutes les trois, elles vont retrouver Robert. Elles vont se goinfrer de confiture et de chocolat. Elles vont lécher la cuiller en bois. Elles vont crier et chanter comme des casseroles. Les petites feront une bataille d'oreillers. Elle ne dira rien. Ce soir, la face visible de la lune éclairera le ciel et leurs rêves. Ce soir, la face cachée ne l'intéressera pas.

Achir est assis à la proue du petit bateau. Face à lui, son oncle remonte le filet. Ils se sont levés à l'aube et n'ont pas prononcé une parole depuis. Ils n'ont pas besoin de parler pour remplir un vide qui n'existe pas. Le silence est plein de questions. L'oncle d'Achir a la peau tannée par le soleil. Son torse nu exhibe les reliques d'une musculature imposante. Achir pense à ce qu'il fera du garage, une fois à la retraite. La petite embarcation tangue au gré de la houle. Achir a mis un chapeau pour protéger son crâne. Ça faisait longtemps qu'ils n'étaient pas allés pêcher tous les deux. Achir n'a rien demandé. Son oncle a senti qu'il en avait besoin. Dans le filet, deux rougets de taille moyenne s'ajoutent aux sardines attrapées plus tôt à la canne. Derrière l'horizon, la mer lèche les côtes espagnole et française. Le ciel est d'un bleu immaculé. Au large, les cadavres gisent dans les profondeurs. Le temps s'écoule. Les deux hommes se regardent. D'un signe de tête, son oncle ordonne le retour. Achir se saisit des rames et commence à souquer. L'effort le ravive. Le bateau est équipé d'un moteur mais son oncle défend qu'on l'utilise. L'eau est sacrée. La polluer, un sacrilège. Achir se demande s'il est moins grave d'infester l'air en vendant des voitures. Parvenus à la crique, ils fixent les amarres et trouvent un coin d'ombre. À la position du soleil, il doit être environ midi. Ils n'ont pas pris de montre. Ce serait un autre blasphème. Son oncle vide les poissons. Achir prépare le feu. Une émotion surgit des filets de l'enfance. La même scène, ou presque, après la mort de ses parents. L'apaisement de la lenteur venant à bout de l'agitation. Les sardines et les rougets grillent. L'odeur ouvre l'appétit. Son oncle sert les olives et les piments. Achir débouche la bouteille de vin blanc qu'il avait mise au frais dans l'eau avant de sortir en mer. Son oncle ne boit pas mais aujourd'hui, il tient à trinquer avec son neveu. Un demi-verre, pas plus. Sa façon de signifier qu'il est avec lui. Qu'il sera toujours avec lui. Achir le remercie d'un sourire. Ensemble ils regardent au loin. Achir a honte. Si son oncle savait. Il ne l'a pas élevé comme ça. Il ne s'est pas donné tant de peine pour en arriver là. Mieux vaut ne pas y penser. Savourer ce moment pleinement. Chaque minute. Chaque seconde. Les deux hommes rompent des morceaux de galette de semoule qu'ils arrosent d'un peu d'huile d'olive. Ils y ajoutent une pincée de cumin et de la tomate coupée en petits dés. Ils déposent le poisson sur les tranches. Ils se régalent, bercés par le clapotis des rouleaux qui caressent les galets. Le temps s'étire. Son oncle fait bouillir de l'eau. Achir dépose les feuilles de menthe au fond des gobelets. Le thé est bon. Les deux hommes s'étendent pour la sieste et Achir repense à Mounia. Il revoit les visages radieux des mariés et se rappelle son absence d'émotion. Il a tourné la page. Il n'est plus allé voir Selma non plus. Elle lui a laissé plusieurs messages mais il n'a pas répondu. Son oncle est réveillé. Toujours en silence, ils lèvent le camp et rentrent à l'appartement. Achir dit au revoir à son oncle qui le retient doucement par le poignet sur le pas de la porte. Inchallah, fais pas de bêtises. Il se rend chez Slimane, sur les hauteurs de Bab el-Oued. Il est en avance. Il fume une cigarette puis une autre pendant que Slimane finit de changer les plaques d'immatriculation du 4 × 4 gris. L'homme lui remet un passeport et Achir prend la route. Direction Tlemcen. Il branche l'autoradio et lance la playlist de sa clé USB en mode aléatoire. Le premier morceau résonne dans l'habitacle. C'est une chanson de raï enjouée qui jure avec le destin d'Achir. La puissante voiture avale les kilomètres et dépasse rapidement Blida. La techno remplace le raï et Achir augmente le volume. Le plein a été fait avant de partir. Il n'aura pas à s'arrêter, sauf pour pisser. À un moment, il se branche sur les infos. On parle du mariage du prince Harry et de Meghan Markle. Achir songe à ce qui doit se passer dans la tête d'un prince. Il n'aura jamais la réponse. Le tabac a fait disparaître les odeurs de poisson fumé sur sa chemise. Le 4 × 4 passe Chlef et Relizane. Il imagine ce que doit ressentir l'anonyme qui épouse une princesse.

Il se console en supposant que l'anonymat finira par lui manquer. Arrive Sidi Bel Abbes, et enfin Tlemcen au bout de cinq heures. Avec sa nouvelle tête, Achir a passé sans encombre les contrôles de police. Son amie Hayet dit qu'il ressemble à un poupon, sans les grosses joues. Il dépose le véhicule à l'endroit prévu et se rend à l'hôtel. Il paye la nuit d'avance en espèces et monte dans sa chambre. Il n'a pas faim. Il voudrait consulter ses messages mais il n'a pas emporté son téléphone. C'est la règle. Il aime lire les publications d'Hayet qui est en ce moment à Montréal. Elle voyage beaucoup pour son travail. On vient de lui accorder un nouveau visa de quatre ans. Elle peut entrer et sortir du territoire quand bon lui semble. C'est mieux qu'être une princesse. Hayet ne pourrait pas vivre enfermée dans un palais doré. Achir allume une cigarette et fait le vide dans sa tête. Il ferme les paupières et s'endort aussitôt. Le lendemain, il se réveille à cinq heures. Il retourne à l'endroit où il a laissé le 4 × 4 et découvre qu'il est devenu bleu. Il reprend le volant et emprunte l'autoroute dans l'autre sens. Il n'a rien demandé à Slimane. Il lui a juste fait promettre qu'il ne transportait rien qui ait un rapport avec les islamistes. Qu'ils crèvent, ces fils de putes. Slimane a promis. On ne mange pas de ce pain-là. Achir ne veut rien savoir d'autre. C'est mieux comme ça. De toute façon, on ne lui aurait rien dit. Il s'arrête à la première station-service et prend un petit déjeuner. Il n'a rien avalé depuis la veille et le repas avec son oncle. Après son deuxième café, il se remet en route. Ce qu'il craint, ce sont les chiens renifleurs. Avec eux, difficile de passer entre les gouttes. S'il se fait prendre, il sait ce qui l'attend. Les coups de poing et de matraque. La prison et le déshonneur. Il n'a rien à perdre. Il a besoin de cet argent. C'est pour son oncle qu'il s'inquiète. Pourvu que tout se passe bien. Le vieux vendrait le garage s'il le lui demandait. Ce serait honnête mais il ne peut pas envisager un tel sacrifice. Son oncle a travaillé dur toute sa vie et ne s'est jamais plaint. C'est un brave homme qui mérite de jouir de ce qu'il a semé. Le premier contrôle a lieu après Sidi Bel Abbes. Les gendarmes lui réclament ses papiers et ceux du véhicule. L'examen est rapide et il peut repartir. Slimane a bien travaillé. Achir voudrait écraser la pédale de l'accélérateur pour arriver plus vite. Les heures, les minutes, les secondes lui semblent une éternité. Ce soir, tout sera fini. Il dépasse Relizane, puis Chlef et enfin Blida. Le deuxième contrôle a lieu juste avant Alger. Achir aperçoit le chien. Cette fois, c'est cuit. Si près du but. On lui demande de sortir. Un gendarme va étudier les papiers dans le fourgon. On lui demande d'ouvrir le coffre et les portières. On lui dit de patienter plus loin. Il allume une cigarette. On fait monter le chien. La bête renifle partout plusieurs fois en battant la queue. Achir sent que sa poitrine va sortir de sa cage thoracique. Le chien ne trouve rien. Deux gendarmes fouillent à leur tour l'habitacle. Achir espère qu'ils ne vont pas démonter le 4 × 4. Les deux hommes échangent quelques propos rapides. Rejoints par leur collègue, ils lui font signe d'approcher. La sueur perle sur le front d'Achir comme une trahison. Les gendarmes posent des questions. Vous venez d'où ? Vous allez où ? Achir a bien appris son rôle. Il répond sans hésiter. Les gendarmes se consultent. Vous pouvez y aller. Surtout, ne pas montrer qu'on est soulagé. Merci, messieurs. Bonne journée. Salam alaykoum. Achir repart pour Bab el-Oued où il rend la voiture. Slimane lui remet une enveloppe. Achir le remercie et s'en va. Tu ne comptes pas ? Achir n'y a même pas pensé. J'ai confiance. Bonne fin de journée. Beslama. En rentrant chez lui, il se demande s'il se fait confiance à lui-même. Il n'en est pas si sûr.

L'année scolaire s'est bien terminée. Sihem a eu de bons résultats au bac de français. Si on lui avait prédit de telles notes ne serait-ce qu'un an plus tôt, elle ne l'aurait pas cru. Elle est contente mais n'arrive pas totalement à en profiter. C'est comme si ce n'était pas elle qui avait réussi. Comme si elle usurpait la place d'un autre. Kenza lui a dit qu'elle était bizarre. Qu'elle échangerait bien ses notes avec elle. Elle lui a dit qu'elle réagissait comme une enfant gâtée. Comment peut-on réagir comme une enfant gâtée quand on ne l'a pas été ? Quelque chose ne tourne pas rond dans sa tête. Elle le sait. Hélène a de la merde dans les yeux. Un jour, elle s'apercevra qu'elle s'est trompée à son sujet. Elle sera déçue comme tous les gens qui ont le malheur de croiser sa route. Comme Gaëtan cet été en vacances. Elle a craqué dès le premier regard. Gaëtan est l'ami d'enfance de Kenza. Kenza les a invités à passer une semaine chez elle pendant que ses parents retournaient au bled. Gaëtan est un beau Black toujours bien sapé, toujours sympa, toujours calme. Sihem a bien vu qu'elle lui plaisait aussi. Un jour, Kenza a voulu aller au ciné. Ils ont prétexté je ne sais quelle raison pour rester ensemble tous les deux dans l'appartement. L'occasion était trop belle. Aussitôt seuls, elle lui a sauté dessus. Elle a défait la ceinture et son pantalon a glissé le long de ses jambes. Elle s'est mise à genoux et a pris son sexe dans sa bouche. Il est venu trop vite. Après un moment, elle est repartie à l'assaut. Pendant qu'il la prenait, elle lui a demandé de l'insulter. Elle ne comprenait pas pourquoi elle le faisait. Elle ne s'appartenait plus. Il la prenait et elle lui disait je t'aime et elle demandait plus d'insultes. Il est venu une seconde fois mais s'est rhabillé aussitôt. Il lui a dit qu'il se sentait mal à l'aise. Qu'ils venaient de se rencontrer et qu'on ne pouvait pas encore parler d'amour. Il lui a dit qu'il n'avait pas aimé l'insulter non plus. Il s'est excusé avant de partir. Elle est restée seule avec sa honte qui s'est transformée en dégoût. Elle savait bien qu'elle était folle. Pour une fois qu'un garçon qui lui plaît faisait attention à elle. Kenza est rentrée et lui a reproché d'avoir fait fuir son ami. Sihem est rentrée à la résidence. Elle espère que Kenza lui pardonnera. Elle ne répond plus au téléphone. Sihem a trouvé le moyen de gâcher la fête. Elle a perdu un amoureux, une amie et le plaisir de se réjouir. Elle ne l'a jamais eu de toute façon. La rentrée est dans une semaine. Elle ne sait plus si elle a envie de passer son bac. Il n'y a plus qu'un an à tenir mais elle ne pourra jamais affronter le regard de Kenza. Elle espère que Gaëtan ne lui a pas raconté les détails. Elle se répugne. Elle pense souvent à lui. Le désir est toujours là. Il lui opprime le cœur et la brûle entre les jambes, alors elle apaise le volcan dans la solitude de son studio. Elle repense à cet instant de plénitude qu'elle a connu pendant le séminaire de révisions. Elle se demande pourquoi il ne surgit pas plus souvent. Pourquoi il n'est pas continu. Elle a l'impression de vivre une vie en pointillé. Elle voudrait joindre les points et devenir une flèche qui fuserait d'un trait vers sa cible. Elle aimerait tant ne pas décevoir les autres et surtout ne pas se frustrer elle-même. Elle pense à Émile. Avec Hélène, c'est la personne qu'elle voudrait le moins décevoir. Elle se demande s'il va bien. Cette histoire avec Gaëtan lui a fait oublier le reste. Elle quitte son studio et va frapper à la porte du vieil homme. La porte s'ouvre. Zapata lui sourit avant de lui faire la bise. Il n'est plus le même depuis quelques mois. Quelque chose a changé mais elle ne saurait dire quoi. Elle n'ose pas lui poser la question. Ils parlent de la pluie et du beau temps. Dehors, il ne fait ni beau ni mauvais. Elle voudrait lui raconter ses malheurs mais ça ne sort pas. Est-ce qu'Émile la jugerait comme Kenza ? Elle aurait besoin de se confier à quelqu'un mais elle n'ira pas voir la psy scolaire. Plutôt crever. Elle a encore sa fierté. Pourtant, elle est folle et les psys sont faits pour les fous. Elle regarde Émile et le trouve beau, avec ses rides et ses taches de vieillesse. Quelque chose aussi a changé dans la pièce mais elle n'arrive pas à savoir quoi. Elle tente de discerner ce qui lui procure cette sensation de vide. Soudain, alors que le vieux ouvre un paquet de gâteaux, elle trouve. Il n'y a plus de cartons. Il en reste bien deux ou trois par-ci par-là, mais la montagne de boîtes empilées les unes sur les autres a disparu. Elle savait qu'Émile avait vendu des bricoles pour aider la famille syrienne. À ce point, elle ne se doutait pas. Une angoisse la saisit. Elle balaie la pièce du regard et sent comme une pointe dans sa poitrine. Il ne peut pas avoir fait ça ! Ce n'est pas possible. Cette fois, c'est elle qui serait déçue. Heureusement, elle l'aperçoit dans un coin de la pièce, cachée sous une pile de journaux. Pour elle, ce n'est pas une simple boîte. C'est une malle aux trésors. Ces cartes de restaurant la relient au monde. C'est dingue, peut-être, mais c'est la vérité. C'est concret. Pas de la théorie comme ce qu'on apprend à l'école. Ces cartes de restaurant, ce sont des souvenirs qu'elle possède sans les avoir vécus. C'est son héritage. Pour elle qui se glisse des mains en permanence comme du savon, c'est palpable. Comme l'histoire des ancêtres d'Émile qui lui ont donné le goût de l'histoire. Elle s'aperçoit que l'arbre généalogique a été décroché du mur. À quoi joue le vieux ? Il ne va quand même pas déménager et l'abandonner à son tour comme un mouchoir plein de morve ? La question a fusé. Sans s'en rendre compte, elle s'est entendue la poser. Émile répond que non, bien sûr que non. Il a eu envie de faire de la place. Il lui annonce en riant que, pendant les vacances, la vieillesse lui est tombée dessus d'un coup. Sihem sourit. Il lui explique

que vieillir est un choix. Soit on choisit de vivre dans le passé et on finit par redevenir un enfant dont il faut s'occuper, soit on décide d'aller de l'avant et de se rendre utile. Il a opté pour la deuxième solution. Il a déblayé le terrain pour y planter de nouvelles graines. Elle pense à *Candide* qu'ils ont étudié en français. « Il faut cultiver notre jardin. » Elle demande à Émile s'il ne va pas se moquer d'elle si elle lui pose une autre question. Il lui répond qu'il est incapable de se moquer d'elle, alors elle se lance. Pour toi, c'est quoi, l'amour ? Le vieux la regarde, concentré. Il réfléchit. Je dirais que c'est avant tout s'aimer soi-même. Elle pense à Gaëtan. Émile continue de lui parler mais elle ne l'entend plus. Elle s'est servie de Gaëtan comme d'un haut-parleur. C'est elle qui lui dictait les insultes. C'est elle-même qu'elle insultait à travers lui. Elle se sent si sale que ça ? Elle sent la main d'Émile posée sur son épaule. Ça va ? Elle sent les larmes sur ses joues. On joue ? Émile acquiesce et va chercher la boîte. Ils jouent un long moment. Sihem parcourt les régions sur l'ordinateur. Elle aime découvrir de nouvelles villes. De nouveaux plats, de nouveaux mots. Surtout, elle aime écouter Émile. Il ne se lasse pas de lui raconter son tour de France des chantiers. Il se lève pour lui préparer un thé. Elle sait qu'il va se servir un ballon de rouge. Émile se tient devant elle, de dos. Elle fixe son dos et c'est à ce moment qu'elle a l'idée. Elle ne veut pas mais c'est plus fort qu'elle. Pendant qu'ils parlent, elle fait défiler l'historique de navigation de l'ordinateur. Elle remonte plusieurs mois en arrière. Quand Émile a commencé à être bizarre. Il dépose la tasse de thé sur la table et lui sourit. Elle le regarde dans les yeux. Il va se servir son verre de vin. Le regard de Sihem passe de l'écran aux yeux du vieux. Elle ne comprend pas. Émile s'assoit et prend une carte dans la boîte. Ce n'est pas vrai ! Il lui sourit. Elle se rend sur les sites qu'il a visités juste avant les vacances. Il lui parle. Elle voudrait crier. Hurler. Il boit une gorgée. Aucun mot ne sort. Émile fait la grimace pour la faire revenir à elle. Tout s'effondre. Elle se lève et sort sans refermer la porte. Elle quitte la résidence et court jusqu'au parc. Elle manque de renverser une passante. Elle court. Une voiture pile pour l'éviter dans un crissement de pneus. Elle court de toutes ses forces jusqu'à être hors d'haleine. Elle s'affale sur un banc et surgit le vers de Baudelaire. « Quand le ciel bas et lourd pèse comme un couvercle… »

La mobilisation a payé. Le préfet a accordé un titre de séjour à Mame Diarra. Hélène est soulagée. Le combat a été rude mais il valait la peine. Mame Diarra va enfin pouvoir envisager sa vie. Elle a écrit une lettre de remerciements qu'elle a tenu à lire devant tout le monde. Elle n'a oublié personne. Hélène y est décrite comme une guerrière. L'image que les gens ont d'elle l'étonnera toujours. Mame Diarra a aussi tenu à remercier Sihem qui a su fédérer les habitants de la résidence. En particulier le duo de choc formé par Émile et Madeleine. Sihem n'est pas venue. Hélène se demande ce qui a bien pu se passer. Elle lui a laissé plusieurs messages sans obtenir de réponse. C'est rare que les élèves soient absents le jour de la rentrée. Ça l'étonne surtout de Sihem. Une semaine plus tôt, la jeune femme lui a envoyé un texto pour lui dire combien elle était impatiente de la revoir et de se remettre à étudier. Hélène était heureuse aussi de la retrouver. Si elle se l'avoue, elle est un peu déçue. Pas de Sihem, non. Sihem n'attend que ça. Elle l'entend déjà dire : Je vous l'avais dit, que j'étais nulle. Non, Hélène est déçue par elle-même. Elle se demande si elle n'a pas raté le coche à un moment. S'il n'y a pas un problème qu'elle n'aurait pas su déceler. Hélène a parfois l'impression de coller des rustines sur des pneus crevés. Mame Diarra achève son discours. Une salve d'applaudissements salue cette petite victoire de l'humanité dans ce monde de repli. Hélène présente alors Victor aux élèves. Victor est auteur et metteur en scène. Cette année, il va les faire travailler sur le thème de la migration. Le projet est ambitieux. Non seulement les élèves vont devoir écrire une pièce entière, mais ils vont aussi devoir la jouer en public au théâtre municipal. Hélène guette les regards interrogatifs. Les haussements d'épaules. Les casquettes qui se baissent jusqu'aux sourcils. Elle s'amuse de la bronca qui ne manque pas d'arriver. La mutinerie est chaque année la même. Les tirades outrées masquent la peur. Elle se régale d'avance de la fierté qu'éprouveront les élèves quand ils tiendront le manuscrit de leur texte entre les mains. Elle se délecte des sourires qui ne manqueront pas d'envahir les visages une fois la représentation terminée. La plupart d'entre eux n'ont jamais mis les pieds dans un théâtre. À la fin de chaque projet, c'est comme s'ils avaient réussi à escalader l'Everest. La journée passe vite. Hélène se dit que tant qu'elle ne regarde pas sa montre, c'est qu'elle n'est pas encore usée. Elle regarde Julia et la trouve belle. L'enthousiasme rend les gens beaux. Avant de rentrer chez elle, Hélène allume son ordinateur et découvre un message de Sihem dans sa boîte mail. Elle a écrit en objet : *Pardon.* Le message est long. Ce n'est pas bon signe. Hélène lit. Pardon Hélène, mais je ne reviendrai pas en cours. Tu as donné le maximum et je te remercie. Jamais quelqu'un n'a cru en moi comme toi. Quand j'y pense, ça me donne envie de pleurer. Tu as tout donné pour me faire sortir la tête de l'eau. Pour m'arracher à mes démons. Tu m'as appelée pour me motiver quand je ne venais pas en cours. Tu n'as jamais eu un mot plus haut que l'autre. Tu es toujours restée calme. Je ne sais pas comment tu as fait. Tu as réussi à faire entrer les grands auteurs dans ma caboche. Je ne sais plus lequel disait : « Mon cœur saigne. » C'est une phrase que j'aurais pu écrire. Vous tous, au micro-lycée, vous êtes tellement gentils que ça me fait honte. Je savais que je n'y arriverais pas. J'ai essayé de vous écouter, toi et les autres profs. J'y ai même cru à un moment mais c'était une illusion. Il y a quelque chose de pourri en moi. Là, je t'écris mais en fait j'ai envie de vomir. J'ai envie de gerber, putain, parce que la vie est une chienne. J'ai envie de crier mais ça sort pas. Je suis vide comme la mort. J'y ai cru. J'y ai cru à fond mais là c'est trop. Je déborde. Certains se noient dans un verre d'eau, moi c'est un océan sans fond. On me torture. Je sens les coups dans l'estomac. On m'arrache les ongles. On m'écrase les doigts. On me crève les yeux. On m'écartèle en place publique. De toute façon mes jambes ne me faisaient pas avancer. Avec mes bras, je n'ai jamais décroché la lune. Je ne sais pas comment ça s'appelle, ce que je sens à l'intérieur de moi. Je ne sais pas mais ça fait mal. Il n'y a pas de justice dans ce monde. Parfois je regarde les autres. Ceux qui ont la chance d'avoir une famille. Des bisous le soir pour s'endormir. De l'argent pour s'acheter leurs rêves. Je les regarde et je les envie. Je leur en veux, même, d'avoir ce que je n'ai pas et que je n'aurai jamais. Parfois j'ai envie de les tuer mais ça ne dure pas. Ça ne dure pas, parce qu'au fond, on est tous pareils. On finira dans le même trou. Dans le même néant. Dans la même merde. À quoi ça sert de se battre ? À quoi ça sert d'aimer si c'est pour se quitter ? À quoi ça sert de faire des enfants si c'est pour les regarder mourir ? Parce qu'on ne vit pas. On meurt. Vivre, c'est être en train de mourir. Je suis peut-être détraquée de l'intérieur. Je sais que tu ne vois pas les choses comme ça mais je ne sais pas comment tu fais. Je n'ai pas le mode d'emploi. Parfois, je me dis que vous faites semblant, toi et les autres. Parce que vous aussi, vous finirez les pieds devant. Pardon Hélène, mais j'écris comme ça vient, comme quand on faisait des séances d'écriture automatique en cours. J'ai bien aimé. Quand je lis un livre et que j'ai l'impression de l'avoir écrit moi-même, je me dis que l'écrivain devait être sacrément au bord du gouffre. Je ne sais pas comment ils font pour sortir ça du fond d'eux-mêmes mais j'ai compris qu'en fait c'est du vomi. Du vomi déguisé en beauté, mais ça reste un cri qui n'aura jamais de réponse. Si je hurle, il n'y a que l'écho qui me répond. Je ne veux plus me battre. Dans la vraie vie, David contre

Goliath, ça finit par le petit écrasé sous la godasse du puissant. Qu'ils aillent se faire foutre ! Qu'ils crèvent tous, sauf toi parce que je t'aime beaucoup. Je ne te l'ai jamais dit mais dans mon cœur je t'appelais maman. Alors pardon. Ne t'inquiète pas. J'espère ne pas t'avoir déprimée avec mes états d'âme mais il fallait que je parle à quelqu'un. J'envie déjà tous ces élèves qui vont grandir à ton contact. Merci pour eux. Moi je n'ai pas su. Je t'embrasse. Sihem. Hélène se précipite sur son téléphone. Sihem ne répond toujours pas. C'est un cauchemar. Elle ne peut pas lui faire ça. Elle ne peut pas se faire ça ! Hélène ne le supportera pas. Trop, c'est trop. Elle sent un poids sur ses épaules et derrière la nuque. Elle a chaud. Elle a la tête qui tourne. Antoine se précipite pour la retenir au moment où elle s'évanouit. Le médecin a voulu l'arrêter deux jours mais elle est retournée travailler. La semaine a passé à sursauter à chaque sonnerie de son téléphone. Puis Rose a appelé. Sihem est revenue à la résidence. Elle ne sort pas de son studio mais elle est là. C'est dimanche. Hélène est à la maison. Des amis sont venus pour un barbecue. Elle s'excuse auprès de son mari qui a l'habitude. Elle n'a jamais conduit aussi vite. La voilà devant la résidence. Devant la porte du studio de Sihem. Elle frappe. Sihem ouvre. Elle a maigri. Hélène lit la surprise dans les yeux de la jeune fille. La surprise devient sourire. Un sourire triste mais un sourire. Hélène ouvre les bras. Sihem vient se lover contre elle. Elle serre fort. Hélène en a mal au dos. Hélène sent les pulsations du cœur de Sihem qui éclate en sanglots. Elle pleure longtemps avant de parler. Les mots jaillissent dans un hoquet. La sentence tombe comme un couperet. Émile a un cancer, putain ! Il va mourir !

Émile la regarde et se dit que, derrière son air de gamine effrayée, elle est une femme forte. Il est heureux de profiter de ces instants avec elle. Les petits bonheurs sont les plus grands. Sihem est la seule à pouvoir lui redonner le sourire. Il s'est inquiété quand elle a disparu sans laisser d'adresse. Il repense à ce moment dans le studio. Il la revoit partir sans raison. Le planter là comme une otage fuyant son ravisseur. La journée s'était pourtant bien passée. Ils avaient joué. Ils avaient ri. Sihem est imprévisible. C'est ce qu'il aime en elle. Elle est à fleur de peau. Comme lui. Même s'il s'est habitué à ne pas le montrer. Il est heureux de la voir là. Assise en face de lui. Dévorant sa blanquette de veau. Quand l'appétit va, tout va. Il boit une gorgée de vin et l'interroge sur sa scolarité. Elle lui dit que tout se passe bien même si la terminale, c'est dur. Heureusement, elle a encore deux heures de littérature par semaine avec Hélène. Elle dit que, sans Hélène, elle ne serait peut-être pas retournée en classe. Elle ne dit rien des raisons qui ont failli la faire décrocher une nouvelle fois. Émile ne lui demande pas. Il faut laisser venir à soi les animaux craintifs. Elle a fini son assiette. Elle le sermonne parce qu'il n'a pas touché à la sienne. Pour lui faire plaisir, il mange quelques bouchées. Ça ne passe pas. La viande est comme sa maladie. Dure à avaler. Il aimerait lui en parler. À quoi bon ? Il se demande si elle serait triste. Oui, bien sûr, elle serait triste. Elle l'aime bien. Il lui en parlera après le voyage. Elle finira par s'en apercevoir de toute façon. Pour le moment, il faut la laisser se concentrer sur son travail. C'est le plus important. Il faut qu'elle ait son bac. Le reste ne compte pas. Il l'écoute évoquer le voyage et se dit qu'elle a pensé à tout. Il lui a fallu beaucoup de persuasion pour qu'elle accepte. Au début, elle n'a rien voulu entendre. Rien à foutre de l'Algérie. C'est pas mon histoire. Je suis née en France ! Il lui a dit que quand on s'énerve, c'est qu'on ressent quelque chose. Elle a résisté. Il a dit que le meilleur moyen de se débarrasser de sa colère, c'était d'y aller et de la laisser là-bas. Elle a dit non. Elle lui a demandé de ressortir l'arbre généalogique de sa famille. Elle a posé des questions sur les uns et sur les autres. Il lui a reparlé de son père Léon, héros de la Résistance. De son grand-père Honorin fusillé pour l'exemple en 1917 et de son arrière-grand-père Jules qui a défendu le fort d'Ivry contre les Versaillais pendant la Commune. Il lui a décrit sa mère Emiliana, avec ses beaux cheveux noirs et son accent russe qu'il n'a jamais entendu puisqu'elle est morte en 1938 en Espagne quand il avait deux ans. Il lui a redit combien Emiliana était fière de son propre père qui avait participé à la révolution d'Octobre, et surtout de sa mère qui, en plus d'avoir combattu l'armée du tsar, avait côtoyé le vrai Zapata. Elle a dit : Tu peux être fier de chaque branche de ton arbre. Chaque branche a donné des fruits qui te nourrissent encore aujourd'hui. Mes ancêtres à moi, c'est bullshit. Les fruits sont pourris ou venimeux. Émile a répondu qu'elle n'en savait rien. Elle a peut-être de la famille qui a lutté pour l'indépendance. Un oncle qui a pris le maquis. Un grand-père qui a passé des messages. Une grand-mère ou une arrière-grand-mère qui ressemble à Emiliana. Sihem a redit non. Émile a dit : Pour avancer, il faut deux jambes. Tu en as une ici et une là-bas. Tu n'y peux rien, c'est comme ça. De toute façon, j'ai déjà pris les billets. Il la regarde manger sa part de gâteau au chocolat et se rappelle le moment où elle a dit oui. Elle a pris quelques jours de réflexion et est venue frapper à sa porte. Elle a dit : Tu as raison. J'ai envie d'y aller mais j'ai peur. Avec toi, j'ai confiance. Sihem vient d'engloutir sa deuxième part de gâteau. Son dessert à lui, c'est le sourire de Sihem. La voir animée à l'idée de partir. Elle lui propose un nouveau jeu. Dire, chacun son tour, quelque chose qu'il ne faut pas oublier d'emporter. Un inventaire à la Prévert. Émile adore jouer avec elle. Il commence. Une valise. Elle rit. La pêche. Il rit aussi. La banane. Une brosse à dents. Un guide touristique. Émile demande un café. Un maillot de bain. La curiosité. L'auxiliaire de vie apporte le café. Un appareil photo. Une tapette à mouches pour les mains au cul. De la musique avant toute chose. Un imper. Ils se marrent comme des bossus. Des lunettes de soleil. Le soleil. Émile demande un autre café. L'auxiliaire de vie dit : Vous n'avez qu'à vous lever. Une canne. Un canard. Ils s'aperçoivent que les autres résidents sont sortis de table. Un chapeau. Un melon. L'auxiliaire de vie vient déposer une cafetière pleine sur la table en faisant mine de gronder Émile. Il lui tire la langue. Un dictionnaire pour la langue. De l'humour. Un carnet pour écrire. Des feuilles sans carreaux pour que les mots ne soient pas en prison. Sihem se sert un café. Elle lui demande pourquoi il fait ça. Faire quoi ? L'accompagner en Algérie. Il lui dit que ça lui fait plaisir. Elle demande s'il y est déjà allé. Il dit que non. À toi de jouer. Des réponses à mes questions. Trois jokers. Sihem sourit. Émile lui dit qu'il est content de lui faire découvrir son pays. Il se réjouit d'y aller lui aussi parce qu'il n'a pas eu beaucoup l'occasion de voyager dans sa vie. Il dit que, n'ayant pas de petits-enfants, il la considère comme sa petite-fille. Du dentifrice. Des yeux pour voir. Des dents. Le grand-père que m'a apporté la petite souris. Émile est ému. L'espoir. Le *Manuel des Castors Juniors*. Rose vient leur dire que Mohamed attend dehors dans la camionnette pour les emmener au consulat. Il s'est gentiment proposé parce qu'Émile a du mal à marcher. Joao a beau faire de son mieux, Émile sait que les séances de kiné ne peuvent plus rien pour lui. Il s'appuie sur l'épaule de Sihem et va s'asseoir à l'arrière du véhicule. Il s'en veut de ne pas lui dire. Il le fera. Pas maintenant. L'heure est à la fête. Pourvu qu'on leur accorde les visas. Il n'y a pas de raison, mais on ne sait jamais. Hélène leur a dégoté un logement à Alger. C'est un centre diocésain destiné aux écrivains et aux chercheurs qui font des travaux en rapport avec l'Algérie. Une amie historienne d'Hélène est une habituée. Elle connaît bien le père Philippe qui dirige le centre. Ça s'appelle Les Genêts. Ce n'était pas complet, alors Philippe a accepté de les accueillir pendant les vacances de Noël. Il était hors de question de faire rater les cours à Sihem. Les repas se prennent en commun avec les autres résidents qui le souhaitent. C'est idéal : elle pourra nouer des contacts et poser des questions à des spécialistes. Pourvu qu'on leur accorde les visas. Elle serait trop déçue, maintenant, si ça ne marchait pas. Ils n'ont pas dit au consulat qu'ils allaient loger aux Genêts. Les tensions entre musulmans et catholiques sont à vif à ce qu'il paraît. L'amie d'Hélène leur a réservé un hôtel. Ils n'auront qu'à annuler la réservation en arrivant. Au moins, ils ne prennent pas le risque d'un refus. Sihem regarde Émile et croise les doigts. Il lui prend la main et lui fait un clin d'œil. Ils sont arrivés. À l'accueil, on leur donne un ticket avant de les diriger d'un geste vers la salle d'attente. Le fonctionnaire qui les reçoit est désagréable. Il ne parle exprès qu'en arabe. Émile se dit que ce n'est pas gagné. Mohamed s'agace. Quelle bande de cons, quand ils veulent ! Quand je pense à ce qu'ils ont fait de mon pays. Sihem ne sait plus si elle a envie de partir. Leur numéro s'affiche sur l'écran digital. Avec Mohamed, ils soutiennent Émile chacun par un bras. Ils arrivent au guichet. La personne les reçoit avec le sourire. Elle leur demande leurs passeports et y colle les visas autocollants. Soyez les bienvenus en Algérie !

Ce matin, Rose a été réveillée par Robert. Il a fait le tour du lit en miaulant comme un damné pendant de longues minutes. Elle lui a jeté son oreiller dessus mais le répit a été court. Il est revenu à la charge et lui a marché sur la tête. Elle s'est levée pour remplir sa gamelle de croquettes puis s'est recouchée. Ingrat, Robert est retourné dans la chambre des filles. Le réveil a sonné à 6 h 45 au moment où elle venait de se rendormir. Les yeux collés par la fatigue, elle a pris la direction de la salle de bains. On ne devrait pas se regarder dans la glace le matin. Elle est restée longtemps sous la douche et a fini par émerger. Elle a choisi des vêtements colorés. Elle s'est maquillée, aussi. Aujourd'hui c'est important. Elle a dressé la table du petit déjeuner pour ses filles en se servant un bol de café. Elle a noté sur le pense-bête collé au frigo de penser à racheter leurs céréales préférées. Les bio avec des billes de chocolat. Elle a un petit salaire mais tient à ce qu'elles mangent bien. Avant de les réveiller, elle est restée un moment à les regarder dans le lit superposé. Il n'y a pas de plus belle chose qu'un enfant qui dort. Sur le lit du haut, Robert s'est déjà mis en boule et a posé sa patte en volet sur son œil. Elle sourit de l'entendre ronfler. Doucement, elle tire le rideau pour laisser entrer la lumière du jour. Elle n'allume jamais le plafonnier. Elle n'est pas un maton mais une maman. Elle ébouriffe leurs cheveux et leur dépose un baiser sur le front. Il faut se réveiller. Bientôt les petites arrivent dans la cuisine. Elles engloutissent chacune deux bols de céréales et repartent s'habiller. Elle sait que la plus jeune va se mettre à jouer au lieu d'enfiler ses chaussures. C'est tous les matins la même comédie. L'enjeu, c'est de ne pas se fâcher. Elle a lu un livre qui explique qu'avant six ans, une interdiction peut être comprise par l'enfant comme une incitation. Elle lit beaucoup sur le sujet. Elle fait de son mieux. Elle a développé tout un tas de stratégies pour ne pas se fâcher et normalement ça marche. Ce matin, elle a haussé la voix. Elle s'en veut mais ce n'est pas un jour comme les autres. Elle a déposé ses filles à l'école et les a regardées entrer dans la cour. Elle pourrait passer sa vie à admirer ses enfants. Comment peut-il passer à côté de ça ? Elle ne veut pas y penser. Elle branche l'autoradio sur la chaîne d'infos et remet le contact. Elle conduit lentement. La destination n'en sera pas moins la même. L'armée israélienne a tiré sur des manifestants palestiniens, faisant cinquante-huit morts et plusieurs centaines de blessés. Elle pense à ces gamins qui ont l'âge de ses filles et lancent des cailloux sur des chars. Elle change de station. L'actrice porno qui accuse le président américain d'avoir eu une relation avec elle annonce que... Elle coupe la radio et appuie sur la pédale de l'accélérateur. Les pâtés de maisons se succèdent en enfilade. Elle aperçoit le bâtiment au loin. Un peu de courage, Rose. Au dernier feu rouge, elle jette un œil à son maquillage dans le rétroviseur. Elle se repasse un peu de rouge à lèvres. Elle redémarre. Le bâtiment se rapproche. C'est une ville dans la ville. Elle a chaud. Elle baisse les vitres côté conducteur et côté passager. Le courant d'air lui donne un coup de fouet. Elle est arrivée. Elle se gare et descend de voiture. Elle entend au loin le bruit de l'autoroute. Elle cherche des yeux le panneau indiquant le bon service. Elle se perd dans le labyrinthe et finit par demander à quelqu'un. La voilà devant la porte du service. Elle inspire un grand coup et entre. Elle est aussitôt assaillie par l'odeur. Elle déteste les odeurs d'hôpital. Elle a oublié de prendre son cachet contre la nausée. Du courage, Rose ! Un peu de dignité. À l'accueil, elle demande comment se rendre à la chambre 125. L'infirmière lui indique un ascenseur. Premier étage, à gauche et première à droite. Rose s'aperçoit qu'elle a laissé le sac dans la voiture. Elle fait demi-tour pour aller le récupérer. Elle a les mains moites. Elle sent que ses avant-bras tremblent. Elle ouvre le coffre et s'assure qu'il y a bien tout ce qu'il faut dans le sac. Elle referme le coffre et repart en direction de l'hôpital. Après avoir fait trois pas, elle est prise par le doute. Elle revient vers la voiture et vérifie que les portières sont bien fermées. Calme-toi, Rose. Elle vérifie une seconde fois. Une troisième fois. Elle repense aux tocs qu'elle avait quand elle était au collège. C'était l'enfer. Elle pouvait passer des heures à aligner les stylos et ses cahiers sur son bureau. Tout devait être parfaitement parallèle ou perpendiculaire. Elle se lavait aussi les mains des dizaines de fois par jour. Elle comptait les nombres de lettres de chaque mot. Un mot de neuf lettres était un bon mot. Les nombres pairs portaient malheur. Tu n'es plus une enfant, Rose. Tout va bien. Elle repasse devant l'infirmière d'accueil qui la regarde, dubitative. Qu'est-ce qu'elle a, celle-là ? L'odeur d'éther lui donne mal au crâne. Cette fois, elle prend l'escalier. Arrivée au premier étage, elle se perd à nouveau. À gauche et première à droite en sortant de l'ascenseur, ce n'est pas la même chose qu'à gauche et première à droite en venant de l'escalier. Elle a toujours eu un mauvais sens de l'orientation. La voilà devant la chambre 125. Elle prend une grande inspiration. Elle frappe à la porte. Entrez ! Émile est allongé sur le lit. Il n'a plus rien de Zapata. Un goutte-à-goutte est relié à son bras. Un journal est ouvert sur le drap. Il lui sourit. Rose s'approche. Elle ne sait pas s'il faut lui faire la bise ou lui serrer la main. Alors elle ne fait rien. Elle s'assoit sur la chaise, à côté du lit. Vous êtes maquillée. Vous allez à un enterrement ? Elle se sent ridicule. Bien sûr, c'était une mauvaise idée. Pourquoi s'est-elle maquillée ? Elle est bête, ou quoi ? Elle lui demande comment il va. Évidemment, qu'il va mal. Tu n'as pas une question plus idiote ? Il lui dit que les repas de la résidence, à côté de ce qu'on lui sert ici, sont dignes d'un restaurant gastronomique. Mais il n'a pas à se plaindre. Il a subi une petite opération, rien de bien méchant. Si ça n'avait tenu qu'à lui, il n'aurait rien dit à personne. Seulement, l'hospitalisation a duré plus longtemps que prévu. C'est juste qu'il n'avait plus d'habits. Pas de problème, ça me fait plaisir. Ravale ta langue, Rose. Ils rient. Il lui demande comment va Sihem. Elle va bien. Elle travaille beaucoup et a l'air plus motivée que jamais. Tant mieux ! Émile insiste pour que Rose ne lui dise rien, pour l'hôpital. Plus tôt il sera sorti, mieux ce sera. Vous savez, Émile, pardon mais… elle verra comme moi que vous n'avez plus de cheveux. On sait ce que ça veut dire. Il détourne le regard. Rose aimerait disparaître. Des crampes lui serrent l'estomac. Une minute s'écoule qui ressemble à une éternité. D'accord : vous avez gagné. Émile se force à sourire à nouveau. Les médecins lui ont assuré qu'il pourrait aller en Algérie comme prévu. Il les a tellement fait chier, qu'ils ont programmé les séances de chimio en fonction. Il aurait aimé que Sihem ne sache rien. Il ne voudrait pas que ça l'empêche de se concentrer sur son examen. Elle et moi, on passe tous les deux des examens, sauf que ce ne sont pas les mêmes. Rose range ses vêtements dans le placard et lui donne la grille de mots croisés qu'elle a inventée pour lui. Émile est très touché qu'elle se soit donné cette peine. Là, elle peut le dire : ça lui fait plaisir. C'est ma première grille en tant qu'auteur, soyez indulgent ! Il regarde la grille et s'arrête sur une définition. *Six désirs*. Il lit à voix haute et réfléchit. Rose sourit. Il va trouver, c'est sûr. On a droit aux noms propres ? Oui. Sihem ! Six aime. Émile est trop fort. À ce rythme, ça va vous occuper à peine un quart d'heure. Si j'avais su, j'en aurais fait plus. Émile rit. Il a les traits creusés. Je vais vous laisser, maintenant. Mohamed viendra vous chercher quand vous sortirez. Il a insisté et moi aussi, j'insiste. Le mélange d'odeurs la prend à la gorge. Merci d'être venue. Si vous avez besoin de quelque chose, vous m'appelez. Elle embrasse Émile et sort. L'infirmière d'accueil la suit du regard. Qu'est-ce qu'il y a, tu veux ma photo ? La porte coulissante s'ouvre. Elle inspire à grands poumons l'air du dehors. Il vaut mieux encore les particules fines. Elle ouvre la portière et reste là, debout, la main appuyée sur le toit de la voiture. Elle ne se sent pas bien. Elle prend dans la boîte à gants le flacon d'huiles essentielles qu'elle y a laissé depuis la mort de Jeanne. Elle le place sous son nez, mais c'est pire. Elle se penche en avant et vomit toute la bile de son corps.

Mohamed les a conduits à Orly avec deux heures d'avance. Il a tenu à faire la queue avec eux pour l'enregistrement des bagages. Il a proposé à Émile d'aller boire un café mais le vieux a refusé en disant qu'il pouvait rester debout. Ils se sont séparés à la porte d'embarquement en se donnant l'accolade. Émile a remarqué que sa maladie modifie les comportements. À la résidence, il y a ceux qui se sont rapprochés et ceux qui rasent les murs. Des fois que ce soit contagieux. Sihem fait comme si de rien n'était. Il trouve qu'elle a bien encaissé le coup. Après le portique de contrôle et la vérification des passeports, ils sont allés flâner dans les boutiques duty free. Émile a acheté deux bouteilles de bordeaux en prévision. Il veut bien respecter les coutumes locales, mais quand même. Ils ont acheté des journaux et un paquet de chewing-gums pour le décollage. L'avion n'était pas complet et rempli essentiellement d'Algériens. Le tourisme n'est pas pour demain. À part deux ou trois hommes d'affaires, ils étaient les seuls Européens. Avant l'atterrissage, Sihem a perçu une légère crispation chez Émile. Il regardait par le hublot. Il avait les yeux humides et la mâchoire serrée. Elle n'a rien dit. Les personnes malades doivent avoir toutes sortes d'idées qui leur traversent l'esprit. Une fois l'avion immobilisé, les passagers ont applaudi le pilote. Les femmes lui ont même adressé des youyous. Abdullah, on est arrivés entiers. La chaleur les a cueillis à la sortie de l'aéroport. Il faisait bien quinze degrés de plus qu'à Paris. L'ami de Camille, l'historienne avec qui Hélène les avait mis en contact, les attendait avec un écriteau. Il avait inscrit dessus leurs prénoms. Soyez les bienvenus en Algérie ! Il les a déposés devant la grille des Genêts et ils lui ont confié leurs euros. Camille a dit qu'ils pouvaient avoir entièrement confiance en son ami. Je vais m'occuper du change pour vous. Je repasserai vous chercher après le déjeuner pour faire un tour en ville. Bonne installation, à tout à l'heure. L'homme avait une voix douce. Sihem a trouvé que c'était très agréable d'être pris en charge comme ça, dès leur arrivée. Même si elle n'était pas là physiquement, Hélène veillait sur eux à distance. Ils ont été accueillis par Héloïse, la maîtresse de maison. Sihem lui a tout de suite trouvé un air rigide. Un pour leur chauffeur, zéro pour Héloïse. La femme les a conduits à leurs chambres et leur a donné rendez-vous pour le déjeuner à midi trente précis. Elle leur a montré le tableau où ils devaient s'inscrire pour les repas et leur a indiqué leurs ronds de serviette. Émile et Sihem sont allés prendre possession de leurs chambres. Ce sont d'anciennes cellules de moines, toutes petites, mais c'est parfait. Il y a un lavabo, par contre les toilettes et les douches sont communes. La douche, pas de problème. Les toilettes, ça l'embête un peu. Elle aime bien avoir son intimité. Sihem finit de défaire sa valise et s'étend sur le lit. Elle est en Algérie. Ça ne lui fait rien, et en même temps, ce n'est pas neutre. Elle prendra des notes ce soir dans le petit cahier qu'elle a apporté exprès. Elle rentre le code wifi dans son téléphone et regarde ses messages. Kenza lui a envoyé un selfie avec un smack. Hélène a posté un mot gentil, comme toujours. Ça lui fait chaud au cœur mais elle ne répond pas tout de suite. Elle veut garder ce moment pour elle. Elle leur écrira plus tard. Émile aussi s'est allongé. Il a un peu mal au dos et à la jambe, mais dans l'ensemble ça va. Il a bien vu que Sihem est devenue plus sérieuse. Plus concentrée. Ce n'est pas évident à remarquer mais il la connaît bien, maintenant. C'est sa façon de froncer légèrement les sourcils. Il l'a vue se tasser un peu sur ses épaules, aussi, avec Héloïse. On aurait dit un hérisson qui se met en boule. C'est normal, ce n'est pas rien pour elle, ce voyage. Pour lui non plus, d'ailleurs. Mais c'est une autre histoire. Aujourd'hui, il faut veiller sur la petite. Chaque chose en son temps. D'abord, aller manger. Il a une faim de loup. Il sort dans le couloir et va frapper à sa porte. Ensemble, ils se rendent dans la salle à manger en passant par le jardin. C'est un jardin magnifique, situé au centre de l'ancien cloître qui abrite maintenant les chambres des résidents, la bibliothèque et les salles de travail. Les genêts, les orangers et les citronniers règnent parmi une savante et luxuriante combinaison de plantes vertes exotiques. Il y a aussi des glycines à foison. Au printemps, ce doit être un festival de couleurs et d'odeurs. Émile et Sihem s'extasient. Elle a l'air d'une gamine qui découvre pour la première fois les vitrines de Noël des Galeries Lafayette. Justement, Noël est dans quelques jours. La présence de Sihem est son plus beau cadeau. Il espère que tout se passera bien. Le père Philippe trône en bout de table et se lève pour leur serrer la main. C'est un géant de près de deux mètres, affable et rieur. Le contraire d'Héloïse-Folcoche qui leur signifie du regard leurs cinq minutes de retard. La tradition veut qu'à chaque nouvel arrivant, on fasse un tour de table pour se présenter. Guillaume et Irène, qui sont assis côte à côte, ont écrit ensemble un livre sur la période communiste d'Albert Camus à Alger dans le milieu des années trente. Guillaume est un ancien coopérant au ministère de l'Agriculture et de la Réforme agraire algérien. Il prépare un nouveau livre sur l'évolution historique du notariat en Algérie. C'est un homme posé et passionné par son sujet auquel Sihem ne comprend pas grand-chose. Irène, elle, est universitaire. Elle travaille sur un nouveau projet en lien avec Camus. Comme Guillaume, elle a une soixantaine d'années, voire un peu plus. Elle parle fort et vite et vous regarde franchement dans les yeux. C'est une qualité qu'Émile apprécie. Il y a aussi Violette qui fait des recherches sur l'influence des musiques algériennes dans l'œuvre de Gontran Dessagnes. Elle explique que c'était un pianiste, compositeur et chef d'orchestre mort en 1978. Il a été directeur du conservatoire d'Alger jusqu'en 1964. Émile et Sihem s'adressent un regard complice. Valérie, étudiante à Sciences-Po, prépare une thèse sur les recompositions coalitionnaires et la diffusion de modèles politiques dans les partis algériens au travers des cas du MSP et du RCD. Kate, doctorante américaine spécialisée en histoire moderne auprès de l'Institut d'études françaises de la New York University, est présente dans le cadre de sa thèse sur les traducteurs-interprètes qui ont servi dans l'administration de l'Algérie française au XIXe siècle. Sihem est impressionnée. Elle ne sait pas ce qu'elle va raconter quand ce sera à elle de se présenter. Lycéenne, c'est pourri, à côté de tous ces gens. Kate a une voix incroyable, super aiguë. À sa place, Sihem choisirait de faire fortune dans le doublage de dessins animés. Il y a encore Najwa, professeur d'économie à l'université de Constantine, et le père Alain qui fait partie de la même communauté que le père Philippe. Elle comprend qu'il est à la retraite. Les prêtres aussi prennent leur retraite ? Elle se ressert un peu du tajine de poulet aux olives. C'est son tour. Émile lui adresse un clin d'œil d'encouragement. Je suis lycéenne d'origine algérienne et euh... je viens découvrir l'Algérie. C'est la première fois. Tous les regards sont posés sur elle. Elle entend déjà les moqueries qu'ils doivent se faire dans leurs têtes. Au contraire, Irène trouve que c'est formidable. Le père Philippe approuve. Vous nous direz ce que vous en aurez pensé à la fin de votre séjour ! Elle sent un peu d'ironie dans son ton, mais elle ne le prend pas pour elle. Il lui inspire confiance. Sois pas parano, Sihem ! Philippe lui demande de quelle ville et de quel lycée elle est. Irène n'en revient pas. Elle habite aussi à Vitry et connaît le microlycée ! Elle a vu un documentaire qui relatait un projet d'écriture de théâtre avec les élèves, elle ne sait plus trop quoi exactement mais se rappelle qu'elle avait trouvé ça formidable. Vraiment formidable ! Irène est une vraie publicité pour Stromae. Sihem sent qu'elles vont être copines. Émile est fier de Sihem. Il trouve qu'elle s'en sort bien. Elle n'a pas sorti les griffes. Il y a du progrès. Il se sent à l'aise, mais boirait bien un petit canon. Si même les chrétiens font abstinence... La prochaine fois, il amènera sa bouteille. Tant pis si on le regarde de travers. Je suis comme je suis. Je suis moi et toi, tais-toi. D'ailleurs, c'est à lui de parler. Il raconte qu'il accompagne Sihem. Il est son bodyguard, même si ça ne saute pas franchement aux yeux. Sinon, vous avez un rapport avec l'Algérie ? La pique vient d'Héloïse-Folcoche. Il faut la recadrer tout de suite, celle-là. Oui, madame, tout à fait. L'Algérie est traversée par le tropique du Cancer. Moi par le cancer tout court. C'est un sujet d'étude que je vous souhaite le plus tardif possible. En plein dans le mille, Émile ! La vipère regarde son assiette. On entendrait une mouche voler. Le vieux est aux anges. Je reprendrais bien un peu de ce délicieux poulet !

Après le déjeuner, Émile et Sihem rejoignent le guide qui les attend à la grille comme convenu. Il leur propose de les conduire en ville et de commencer par une balade sur le front de mer. Émile préfère marcher pour se dégourdir les jambes. L'homme ira en voiture de son côté. Il leur donne rendez-vous devant la Wilaya et leur indique comment reconnaître le bâtiment. Au retour, il pourra les redéposer. L'homme leur dit que son ami qui devait faire le change n'était pas là. Il y retournera dans l'après-midi. En attendant, c'est lui qui paiera. Il leur donne un billet de deux mille dinars au cas où et s'éloigne. Après avoir passé la place Addis-Abeba, Émile et Sihem cherchent la rue Didouche-Mourad. Guillaume leur a expliqué que, du temps de l'Algérie française, elle s'appelait rue Michelet. C'est une des principales artères de la ville qui les emmène jusqu'au port. Ils ont manqué la plaque indiquant le nom de la rue. Ils demandent leur chemin en français à une femme qui leur indique qu'ils s'y trouvent. La femme demande à Émile s'il est français.

Il répond que oui. Soyez le bienvenu en Algérie ! Et toi, tu es d'où ? De Vitry-sur-Seine, dans la banlieue parisienne. La femme sourit. Oui, mais tu es algérienne : tu es d'où ? Sihem répond que non. Elle est française. Elle est née en France. La femme lui dit qu'avec la tête qu'elle a, elle est algérienne, pas française. C'est comme ça. Sihem répète qu'elle n'est pas algérienne. Émile lui met doucement la main sur l'épaule. Elle comprend qu'il faut lâcher l'affaire. La femme leur explique qu'elle travaille au musée du Bardo, juste à côté. Elle leur conseille de le visiter s'ils ont le temps. Ils la remercient. Avec plaisir, monsieur. Soyez le bienvenu en Algérie ! Bienvenue chez toi, mademoiselle ! La femme s'en va. Putain, de quoi elle se mêle ? Pour les Français, je suis algérienne. Je viens ici en pensant qu'on va me parler comme à une Française et non : je suis encore algérienne ! Ça me gonfle ! Émile rit et lui dit que, de son point de vue, il trouve qu'elle n'a pas l'air d'une Suédoise. Il sait qu'elle va bouder cinq minutes et qu'après ce sera oublié. Ils descendent la rue Didouche et s'arrêtent à une boulangerie pour s'acheter des makrouts et des cornes de gazelle. Le dessert d'Héloïse laissait franchement à désirer. Dans le bas de la rue, des ouvriers font une pause au pied d'un immeuble en ravalement. Leur camion est garé sur le trottoir et il faut en descendre et marcher sur la route pour contourner l'obstacle. Les ouvriers les regardent arriver de loin. Au moment où Sihem va descendre du trottoir, l'un d'eux lui passe devant et l'oblige à ralentir. Elle se retourne vers Émile qui lui fait signe de ne pas s'énerver. Les ouvriers rigolent. Sihem les fusille du regard. Elle s'éloigne en accélérant le pas et attend Émile qui la rejoint en avalant la dernière bouchée de son makrout. Je savais que j'aurais pas dû venir ! Je t'avais dit que mon pays est un pays de tarés ! Émile ne lui fait pas remarquer qu'elle vient de parler de l'Algérie comme de son pays. Ça ne doit pas être facile pour elle. Heureusement, quand ils débouchent sur le front de mer, c'est oublié. Sihem est saisie par la blancheur aveuglante des façades des immeubles datant de l'époque française. Ils marchent lentement pour mieux profiter et s'arrêtent régulièrement, hypnotisés. C'est beau, hein, Émile ? Oui, et c'est encore plus beau quand tu arrives par bateau. Ils s'appuient à la balustrade et regardent la mer. Comment tu sais que c'est plus beau quand tu arrives par bateau ? Émile regarde au loin. Il a le regard vide. Émile ? Elle le secoue délicatement. Tu as raison, c'est beau. Alger la Blanche. Le guide les attend devant la Wilaya, entre deux pylônes arborant fièrement le drapeau vert et blanc au croissant étoilé. Une mouette rit, juchée sur le sommet de l'un d'eux. Sihem demande si c'est une mouette ou un goéland. L'homme, toujours aussi doux et souriant, explique qu'il ne sait pas. Pour les Algérois, c'est un tchoutchou maleh. Il faut qu'elle retienne le nom pour Hélène. Après avoir demandé à Émile s'il n'est pas trop fatigué, le guide propose de leur faire visiter le centre-ville à pied puis de leur faire faire un plus grand tour en voiture avant de les raccompagner aux Genêts. Ils continuent leur marche le long du front de mer et passent devant la gare qui, en contrebas, paraît démesurément petite à Sihem. L'homme leur explique que le réseau ferroviaire algérien est peu développé et que la ligne va jusqu'à Oran. Le train met plus de cinq heures pour parcourir quatre cents kilomètres. Il dit que ce n'est pas comme à Paris. Il n'est jamais allé en France mais il connaît les noms des gares : gare de Lyon, gare du Nord, gare de l'Est. Sihem lui explique qu'il y a aussi Montparnasse, Austerlitz et Saint-Lazare. Sur les rampes d'accès à la gare, une impressionnante file de taxis jaunes attend les clients. Ils parviennent à la pêcherie puis entrent dans la ville en contournant la mosquée el-Kébir, juste après la chambre de commerce. Ils longent la mosquée el-Djedid et débouchent sur la place des Martyrs. L'homme leur explique que c'est le début de la Casbah mais que, pour la visiter, il vaut mieux un guide spécialisé. Aux Genêts, ils en connaîtront sûrement. Sinon, il s'engage à leur trouver quelqu'un. Émile demande à s'asseoir quelques instants sur un banc. Il regarde la Casbah et Sihem remarque que les mains du vieil homme tremblent légèrement. Elle se penche vers lui et, sans réfléchir, dépose un baiser sur sa joue. Il lui prend la main et la tient serrée un instant. Après avoir assuré que tout allait bien, il se relève et tous se remettent en route. Ils traversent le square Port-Saïd. L'homme leur montre le théâtre et, sur sa gauche, le café Tantonville. Ce n'est plus un Opéra ? Émile explique qu'il l'a vu en photo sur Internet. Il ne savait pas que l'Opéra était devenu le

Théâtre national algérien après l'indépendance. Ils traversent encore la place de l'Émir-Abdelkader et le boulevard Mohamed-Khemisti. Sihem est impressionnée par la Grande Poste. Malheureusement, ils ne peuvent pas la visiter. Elle est en travaux et deviendra bientôt un musée. Le boulevard est aménagé en un square à gradins qui mène, tout en haut, au Palais du gouvernement. Ils terminent leur déambulation place Audin. L'homme leur dit que c'est la place où il a l'habitude de prendre un verre. Elle est très prisée par les jeunes et les étudiants. Il ajoute que, de la place, il leur suffit de remonter la rue Didouche pour arriver directement aux Genêts. Mais ça grimpe. La voiture est garée deux rues plus loin. L'homme va les conduire d'abord à l'hôtel El Aurassi, où ils pourront admirer la vue qui est à couper le souffle. Selon lui, c'est la meilleure vue d'Alger. Ils pourront s'offrir un apéritif pendant qu'il ira changer leurs euros en dinars. Devant l'hôtel, il leur donne quelques billets et leur fixe rendez-vous une heure plus tard au même endroit. Sihem dit à Émile qu'elle trouve leur guide très gentil. Il est d'accord avec elle. En plus, il fait ça gratuitement, par amitié pour Camille. La vue est en effet incroyable et embrasse toute la baie d'Alger. Émile commande deux coupes de champagne pendant que la jeune femme écrit sur son carnet. Il se demande si elle deviendra écrivain. Ils trinquent et boivent en silence en admirant le paysage. Émile commande deux autres coupes. Ce n'est pas tous les jours qu'on peut se trouver dans un endroit pareil en si bonne compagnie.

Sihem le dévisage un moment. Merci, Émile. C'est le plus beau cadeau qu'on m'ait jamais fait. Émile lui dit d'attendre la fin du séjour pour le remercier. On verra si elle le supporte jusqu'au bout ! Après avoir payé, ils rejoignent leur accompagnateur qui les attend dans la voiture. Il remet à Émile l'enveloppe contenant les dinars. Le vieux tient à lui rendre les billets qu'il leur a donnés pour l'apéritif. L'homme refuse énergiquement. Ça me fait plaisir. Soyez les bienvenus ! Émile insiste. Il sait que pour le salaire d'un Algérien, prendre un verre dans ce palace est un vrai luxe. L'homme ne veut rien entendre. Vous êtes mes invités. Il ne faut jamais vexer un Algérien ! Il les conduit à Notre-Dame d'Afrique, ce qu'ils n'auraient pu faire à pied en raison de la côte. La vue est splendide là aussi, mais la basilique est fermée. Il faudra revenir la visiter. Il les promène dans les différentes artères de la ville en s'arrêtant parfois pour leur indiquer un monument ou une curiosité locale. Ils terminent par le Mémorial du Martyr avant de revenir aux Genêts. L'homme leur demande comment il peut les joindre. Le plus simple, pour ne pas payer une facture de téléphone astronomique, est de se contacter via les réseaux sociaux. Ils échangent leurs coordonnées et se disent à demain. L'homme ne sait pas à quelle heure il sera disponible. Il a du travail. Ils se font au revoir de la main. Après avoir refermé la grille, Émile et Sihem passent devant l'accueil qui est fermé depuis plus d'une heure. En longeant la cuisine, leurs papilles sont réveillées par les odeurs des épices. Le couscous promet d'être bon. Ils ont juste le temps de prendre une douche et de se changer s'ils ne veulent pas s'attirer les foudres de Folcoche. La marche les a épuisés et mis en appétit. Philippe les accueille avec la même bonhomie joviale qu'à midi. Guillaume et Irène sont là. Violette aussi. Il y a une personne qu'ils ne connaissent pas. L'homme s'appelle Abdel et dirige une petite maison d'édition à Marseille. Philippe leur demande ce qu'ils ont vu et si Alger leur plaît. Émile se rend compte qu'il a oublié de prendre sa bouteille de bordeaux. Il a la flemme de se relever. Tant pis, il aurait bien aimé voir la tête d'Héloïse. Le couscous est délicieux. La soirée se termine par un thé au coin salon. Puis chacun regagne sa chambre. Sihem souhaite la bonne nuit à Émile. Elle grave dans son carnet le récit de sa journée. Elle se déshabille et s'étend sur le lit pour passer en revue les photos qu'elle a prises sur son portable. Elle garde les plus belles et consulte ses messages. Un proverbe envoyé par Kenza : *Reconnaissez que l'autre, c'est vous.* Une notification aussi du guide qui la demande en amie. Elle reconnaît sa photo de profil. Elle accepte et fait défiler les informations qu'il publie sur son mur. Elle consulte aussi ses photos. Il y en a beaucoup du désert. Ils ont de la chance d'être tombés sur lui. Elle aime bien son nom. Achir. Il lui a expliqué que ça veut dire ami. Elle voudrait écrire à Hélène et lui parler des goélands, mais elle est trop fatiguée. Elle éteint la lumière et s'endort comme un bébé.

Le petit déjeuner est tristement français. Pain, beurre, confiture. Héloïse précise que ce sont des confitures maison. Sihem demande s'il n'y a pas du miel. Depuis toute petite, elle prend du miel au petit déjeuner. Normal, pour une ourse. Un nouveau convive lui passe le pot qu'elle n'avait pas vu et se présente dans un français châtié. Bertrand est spécialiste des questions de conservation du patrimoine et expert auprès du gouvernement algérien dans le cadre de la coopération européenne. Il travaille sur la viabilité de la mise en œuvre d'un plan de formation continue pour tous les personnels qui sont en contact avec les collections archéologiques. Adriana vole au secours de Sihem en empêchant Bertrand de se lancer dans son numéro de drague habituel. Adriana vient de Florence. Elle est étudiante et fait des recherches sur les relations islamo-chrétiennes en Algérie. Elle prépare une thèse sur Charles de Foucauld et une série d'articles sur les moines de Tibhirine. Les deux jeunes femmes sympathisent et Adriana propose à Sihem d'aller visiter ensemble Notre-Dame d'Afrique. Ce matin, elle doit travailler à la bibliothèque mais après le déjeuner, c'est possible. Héloïse débarrasse la table. Toujours pas d'Émile. Sihem s'apprête à aller le réveiller quand elle le voit débarquer dans la salle à manger en compagnie du père Philippe qui lui glisse une carte de visite dans les mains. Émile le remercie chaleureusement. Zapata copain avec un prêtre, rien que pour ça, ça valait le coup de venir jusqu'en Algérie ! Émile lui explique qu'il est debout depuis six heures du matin. Les vieux se réveillent tôt, c'est bien connu. Héloïse est déjà en train de dresser le couvert pour le repas du midi. Ils s'installent dans le coin salon. Émile dit à Sihem que Philippe leur a dégoté le meilleur guide pour la visite de la Casbah. Sihem découvre un message d'Achir. Il ne pourra pas passer la journée avec eux mais s'est libéré totalement pour la journée du lendemain. Elle parle à Émile de la proposition d'Adriana. Il trouve l'idée excellente. Ce matin, ils décident d'aller visiter le musée du Bardo qui n'est pas loin. Ils restent un moment à profiter de la vue du jardin et se mettent en route. Le musée leur plaît beaucoup, même s'ils sont plus intéressés par la villa que par les collections préhistoriques. Elle est dans un parfait état de conservation. Les couleurs éclatantes, depuis la cour de marbre jusqu'aux mosaïques intérieures, loin de saturer l'œil, procurent un sentiment de sérénité et appellent à la méditation. Sihem abreuve le gardien de questions et prend des notes dans son carnet. Émile est content de l'observer boire les réponses comme un buvard. Ils restent un long moment à déambuler dans les pièces ombragées. À s'imprégner des moindres détails. Ils se prennent en photo devant la fontaine et dans la chambre de la favorite. Sihem trouve que c'est magnifique, même si ça reste une prison. Ils rient en imaginant Héloïse enfermée, avant de conclure qu'ils ne voient définitivement pas de qui elle pourrait être l'élue. C'est une belle transition pour rentrer aux Genêts. Ils remontent la rue Franklin-Roosevelt, bras dessus, bras dessous. Avant le déjeuner, ils ont le temps de jeter un œil à la bibliothèque. C'est une des bibliothèques les mieux pourvues au monde en termes d'ouvrages traitant de l'Algérie. Sihem est fascinée par la majesté presque ésotérique qui se dégage des rayonnages. Autrefois, elle se serait sentie bête devant tout ce savoir exposé à la face de son ignorance. Aujourd'hui, elle comprend que chaque livre est une main tendue. Ils sont arrivés seulement depuis hier et elle a l'impression d'être là depuis toujours. La conversation, à table, est passionnante. Ils sont en petit comité. Sihem remplit son carnet entre deux bouchées. Philippe leur raconte l'histoire des Genêts et leur parle de l'évolution de la ville depuis l'indépendance. Émile écoute religieusement son nouvel ami, à qui il ressert un verre de bordeaux. Philippe a donné sa bénédiction à cette entorse au règlement. Héloïse fulmine en silence. Émile intervient aussi dans la discussion. Sihem remarque qu'il connaît beaucoup de choses sur l'Algérie. Adriana est ravie qu'ils aient accepté sa proposition. Elle a commandé un taxi qui les attend devant l'entrée. Les voilà partis. La basilique est très belle, avec son chœur et son dôme joliment décorés. Adriana leur fait un topo sur la genèse du monument, son orgue et sa Vierge noire. Sihem aime l'idée d'une Vierge noire, même si la notion de vierge la laisse indifférente. Émile dit que même si on est un bouffeur de curés, on a toujours à apprendre des monuments religieux. Ils sont la mémoire de l'oppression des masses et aussi, il faut bien le reconnaître, souvent des chefs-d'œuvre d'architecture. En tant qu'ancien contremaître, ça ne le laisse pas de marbre. C'est le cas de le dire ! Après la visite, Adriana les emmène boire un thé en ville. Le temps pour Émile de se reposer. Au dîner, il n'y a pas de nouvelles têtes. Irène annonce qu'elle rentre à Paris le lendemain par le premier avion. Avec Sihem, elles promettent de se revoir à Vitry. Avant de se coucher, Sihem regarde si elle a reçu des nouvelles d'Achir. Il leur propose de venir les prendre le matin et de les emmener manger du poisson à La Madrague. Il leur propose aussi de passer la soirée ensemble avec des amis qu'il voudrait leur présenter. Émile trouve que c'est parfait. Fêter Noël avec des jeunes, ce sera plus sympa qu'avec Héloïse. Il va prendre une douche réparatrice et se prépare à une nouvelle nuit d'insomnie. Ça se rapproche. Il ne sait pas comment il va s'y prendre. Il regarde le plafond et tente de réguler sa respiration. Le sommeil ne viendra pas. Sihem envoie un message à Hélène. Kenza n'a pas écrit. Elle va sur le mur d'Achir. En faisant défiler les photos, elle se demande qui sont les amis qu'il va leur présenter. Elle entend un bip. Le nouveau message d'Achir est simple. À demain, suivi d'un pouce levé. Elle sent que son cœur bat plus vite. Elle répond par le même pouce auquel elle ajoute un sourire. Elle s'endort sur du coton.

Achir se réveille en sursaut. Son cauchemar était vrai, cette fois. Il était avec Younès à la terrasse d'un café. Younès lui disait qu'il voulait partir. Il n'en pouvait plus de cette vie à attendre que rien n'arrive. La voiture a tourné au coin de la rue. Quand elle est passée devant eux, Younès s'est jeté sous les roues. Achir n'a rien pu faire. Younès lui manque. Il allume une cigarette et se demande si c'est la dernière du condamné. Après sa douche, il avale un café et passe au garage prendre la Coccinelle. Il veut leur offrir une belle journée. Il est content de revoir Sihem et le vieux monsieur rigolo. Il se met en route et se gare devant la grille. Il installe Émile à l'avant et Sihem à l'arrière. Sihem s'aperçoit qu'ils n'ont pas prévenu qu'ils ne mangeaient pas aujourd'hui avec les autres. Émile lui dit que tant pis. Ils paieront, et puis voilà. Achir démarre. La Coccinelle longe le front de mer. Après avoir passé l'Amirauté, ils contournent Bab el-Oued. Les voilà sur la route. Émile demande à Achir pourquoi les Algériens n'ont pas changé le nom de La Madrague. Achir répond qu'ils l'ont changé : elle s'appelle El Djamila, mais tout le monde dit La Madrague. C'est là qu'on mange le meilleur poisson d'Alger et ses environs. Pendant la vingtaine de kilomètres séparant les deux villes, il les interroge sur leurs vies. Il répond aussi à leurs questions. Il travaille dans le garage de son oncle mais il a le projet de partir. C'est bloqué ici, pour les jeunes. J'irais bien en France ou en Espagne. Beaucoup d'Algériens vont à Alicante. Sihem est déjà allée en Espagne. Elle trouve que c'est un beau pays. Mais ils sont aussi racistes envers les Arabes qu'en France. La matinée est agréable. Ils se promènent tranquillement sur la digue et s'assoient un moment sur les rochers pour contempler la mer. Achir allume une cigarette et leur demande s'ils fument. Émile dit que là, il préfère humer l'odeur des embruns. Sihem accepte. Elle a envie de cette complicité avec Achir. Achir leur indique un hôtel de luxe en construction. Ils construisent partout des hôtels pour les riches ou des immeubles horribles qui poussent comme des champignons. Émile explique que c'est partout pareil. Les révolutions se font toujours renverser par l'argent. Achir les conduit au restaurant. Émile lui dit qu'il veut bien déjeuner, à condition de payer. Il ne faut pas vexer un vieil ours mal léché ! Achir tente de négocier mais se rend compte qu'il a affaire à plus borné que lui. Le poisson est en effet délicieux. Achir a choisi un restaurant où on sert de l'alcool mais il ne boit qu'un seul verre de vin blanc. Il ne peut pas se permettre d'être contrôlé positif. Le calamar est particulièrement excellent. Achir leur raconte qu'il va pêcher avec son oncle depuis qu'il est petit. C'est sans doute pour ça qu'il préfère le poisson à la viande. Après le café, Émile demande la carte du restaurant avec l'addition. Sihem en réclame une deuxième. Ils en glisseront une dans la boîte, et elle collera la seconde dans son carnet. Émile a les jambes un peu lourdes, alors ils vont se tremper les pieds dans la mer. L'eau est trop froide pour se baigner, mais ça fait du bien. De La Madrague, Achir les conduit à Tipaza pour leur montrer les ruines romaines. Encore une fois, Émile et Sihem sont émerveillés par la beauté des lieux. Ils déambulent longtemps tous les trois dans les allées du site, en faisant régulièrement des pauses pour reposer Émile. Assis sur son banc, près de l'ancien amphithéâtre, il regarde les jeunes se parler et se sourire. Il sourit aussi. Achir connaît bien le site. Il leur raconte que Camus y venait beaucoup. On a coutume de dire que c'est de là que les idées lui tombaient du ciel sur la tête. Sur le chemin du retour, ils quittent la route pour aller voir le Tombeau de la chrétienne. Achir leur explique qu'à sa connaissance le tombeau est vide. C'est un mystère qui sera peut-être résolu un jour. Il leur demande s'ils veulent repasser par les Genêts avant de se rendre à la soirée. Ils lui répondent que non mais que, par contre, ils ne veulent pas arriver les mains vides. Achir les emmène dans une boutique pour acheter du vin. C'est une espèce d'épicerie sans enseigne, cachée de la vue des passants par un grand rideau tiré. À l'intérieur, on ne vend que des boissons alcoolisées. Les acheteurs ressortent en cachant leurs bouteilles dans des cabas ou des sacs à dos. Émile choisit trois bouteilles de vin algérien. Ils se rendent ensuite chez Ikram où a lieu la petite fête. C'est une grande fille très belle et souriante. Soyez les bienvenus ! Ikram est étudiante en médecine et s'investit dans une association qui travaille avec des clowns dans les services de pédiatrie. Il y a aussi Chaïma, plus petite et joufflue, qui étudie les sciences économiques à l'université d'Oran. Faroudja, elle, est peintre. Elle expose partout en Algérie et a déjà eu deux expositions au Japon. Une jeune femme voilée à la peau mate leur propose de boire un verre. Elle fume. L'image frappe Sihem. Aïcha explique, en se servant un whisky, qu'elle ne voit pas pourquoi la religion serait incompatible avec la cigarette ou l'alcool. Émile est l'attraction de la soirée. Il se sent bien, au milieu de tous ces jeunes. Il sirote son verre de vin en tapant le bout de gras avec les filles. Il a remarqué qu'il n'y a pas de garçons. Ça ne l'étonne pas qu'Achir soit entouré essentiellement de femmes. Ce soir, il prend particulièrement soin à ce que Sihem se sente à l'aise. Il n'a pas à se forcer : les filles s'occupent d'elle comme d'une poupée et la bombardent de questions sur sa présence en Algérie. Ikram a préparé un couscous aux fèves. Elle dispose le couscoussier au centre d'une table basse et tout le monde s'assoit autour en tailleur. Chacun se sert à même le plat et complimente la maîtresse de maison pour l'excellence de son accueil. La discussion est animée et porte sur l'état de la jeunesse en Algérie, le gouvernement du pays ou la politique de la France. Sur la situation des Beurs dans les banlieues parisiennes. Émile est frappé de voir à quel point ces jeunes sont pleins de rêves pour leur pays mais semblent résignés à ne pas les voir se réaliser. La tête lui tourne un peu. Ils ne le savent pas mais c'est son plus beau Noël. Sihem est curieuse et interroge les filles sur la condition de la femme en Algérie. Après le repas, un couple d'invités rejoint la petite assemblée. Achir ne s'y attendait pas. Ce doit être Aïcha qui leur a demandé de passer. L'homme, Mounir, est un grand gars costaud, ingénieur en génie civil. Tout en lui respire la réussite, des vêtements à la posture. Sihem pense que l'argent est une imposture. Elle est d'emblée séduite par la femme. Mounia est rayonnante, magnifique et très vive. Sihem se rend compte rapidement qu'elle est aussi très intelligente. Il y a une de ses photos accrochée au mur du salon d'Ikram. Elle représente un homme, de dos, qui regarde la mer. Il a quelque chose de familier mais elle ne saurait dire quoi. Avec ses dreadlocks, elle n'a pas reconnu Achir. Tu as eu des dreadlocks, toi ? Achir est surpris de constater qu'il ne souffre pas. Il trouve Mounia toujours aussi belle, mais le charme n'opère plus. Mounia et Mounir, ça sonne comme le nom d'un duo de comiques. Il observe les deux jeunes femmes et s'aperçoit que son regard s'arrête sur Sihem. Il l'aime bien. Il ne la connaît pas mais il a l'impression qu'ils se comprennent. Faroudja a mis de la musique. On commence à danser. Achir demande à Émile si ça ne le gêne pas s'il roule un joint.

Pas du tout. Émile danse aussi. Il est la star de la piste. Les filles se battent pour être à son bras. Achir passe le joint à Sihem, qui le lui rend après avoir tiré deux bouffées. La musique emplit les corps. Émile fatigue vite et retourne s'asseoir. Achir lui tend le joint. Sihem m'a dit, pour ta maladie. Prends ça, tonton Émile. Ça te fera du bien. Émile inspire la fumée à pleins poumons. Il la retient avant de la relâcher et recommence jusqu'à ce qu'il n'y ait plus rien à fumer. T'inquiète pas, tonton, je vais en rouler un autre. Les muscles d'Émile se détendent. Il n'a plus mal. Une vague de bien-être le submerge de l'intérieur. Il retourne sur la piste et se lance dans une danse endiablée sous les applaudissements de la troupe. Émile est le nouveau Travolta. Sihem le rejoint. Ils se marrent comme des bossus en faisant les idiots. Une fois épuisés, ils se tombent dans les bras et s'embrassent. La soirée se termine en douceur autour d'un thé à la menthe. Achir a pris la guitare et joue des chansons d'amour, accompagné au chant par Chaïma qui a une voix de velours. Il est deux heures du matin. Mounia et Mounir proposent de les raccompagner aux Genêts. Achir a trop bu et trop fumé. Il va rester dormir chez Ikram. Sihem se demande s'il a une aventure avec elle. Une fois dans son lit, elle espère que non et s'endort. Émile regarde le plafond. Cette soirée lui a fait un bien fou. Il repense à sa jeunesse et au temps qu'il lui reste. Heureusement, grâce au joint, il va trouver le sommeil. Il se demande pourquoi on ne légalise pas le cannabis thérapeutique. Demain, il ne pourra pas reculer.

Sihem a raté le petit déjeuner. Émile lui propose d'aller en prendre un sur le port. Ils s'y rendent en taxi. Émile tient à économiser ses forces pour l'après-midi et la visite de la Casbah. En attendant, ils décident d'aller au musée d'Art moderne, aménagé dans les anciennes Galeries de France. Le bâtiment dispose de cinq niveaux mais l'exposition n'occupe que le niveau inférieur et le premier étage. Elle réunit les travaux de cinq photographes algériens qui déclinent leur vision de la figure de la mère. Émile et Sihem sont heureux de découvrir trois clichés de Mounia. Sihem propose d'aller manger. Mais tu viens juste d'avaler ton petit déjeuner ! Attendri, il la regarde dévorer sa chakchouka et noter ses impressions sur son carnet. Lui n'a pas faim. Le guide les attend comme prévu devant la chambre de commerce. Un couple de Français dont le mari expatrié travaille dans le pétrole se joint à eux. Nourredine habite Marseille. C'est un ancien professeur d'histoire-géographie qui a publié un livre sur la Casbah. Il a une soixantaine d'années, porte des baskets à la mode et une casquette de base-ball. La visite commence par la basse Casbah où ils se trouvent. La mosquée el-Kébir, la mosquée el-Djedid et la place des Martyrs qu'ils ont déjà vues avec Achir. Philippe avait raison : Nourredine connaît l'histoire des monuments comme sa poche. Son enthousiasme est communicatif. C'est un plaisir de l'écouter expliquer les apports successifs des périodes ottomane, espagnole et française. Il les fait entrer dans la cour intérieure d'un immeuble à la façade haussmannienne, construit à partir des années 1865 par des commerçants juifs. La cour, de forme octogonale, est couverte d'une verrière spectaculaire. Nourredine leur explique que la plupart des maisons typiques de la Casbah qu'ils vont voir maintenant sont en mauvais état. La Casbah se dépeuple. Les commerces ferment les uns après les autres. Les habitants, en majorité, n'ont pas les moyens d'entretenir leurs biens. Un plan de réhabilitation digne de ce nom n'est pas encore à l'ordre du jour. Certaines maisons n'ont l'air de rien depuis la rue, mais à l'intérieur, ce sont de véritables petits palais. Ils traversent le marché et passent devant la mosquée Ketchaoua qui est devenue cathédrale vers 1840 puis est redevenue mosquée après l'indépendance. Sihem pense à Prévert qui aurait pu dire quelle connerie, les religions. Ils entrent dans le patio d'une maison typique et s'informent du mode de vie des familles algériennes de l'époque. Sihem aime cette architecture. La beauté des patios qui étaient le lieu central de la maison. L'idée de la vie en promiscuité, par contre, l'angoisse : dans ces maisons pouvaient vivre jusqu'à quatre familles. Nourredine les guide maintenant dans le labyrinthe de ruelles étroites qui constituent la haute Casbah. L'endroit est fascinant. Les habitations en vis-à-vis témoignent de la densité de construction. Ils grimpent toujours plus haut et Émile a besoin de s'arrêter de temps en temps. Le couple de visiteurs en profite pour bombarder Nourredine de questions parfois idiotes, mais il répond avec beaucoup de diplomatie. Sihem est emballée par la visite de la Médersa. Les murs blanc et vert, le petit cimetière et la vue sur l'ancien lycée Bugeaud où a étudié Camus. Une fois déchaussés et voilées pour les femmes, ils peuvent entrer à l'intérieur de la mosquée Abderrahmane. Sihem est sidérée par ce qu'elle voit. Elle se serait attendue au silence et à une atmosphère religieuse. Au lieu de ça, des femmes discutent à voix haute et se montrent des vidéos sur leur portable. Elles dévisagent les nouveaux arrivants et Sihem a un sentiment de malaise. D'un côté les femmes, de l'autre les hommes. Quelle connerie, oui, les religions. Les voilà arrivés au sommet de la Casbah. Nourredine leur montre Serkadji, la prison de Barberousse. Du temps de la guerre d'Algérie, elle abritait un centre de torture et d'exécution. Plusieurs dizaines de combattants du FLN y ont été guillotinés. Elle est restée prison du temps de Boumediene qui y a enfermé ses opposants. Pendant la décennie noire, on y détenait les islamistes. Elle a fermé en 2014. Émile demande quelle fonction a maintenant le bâtiment. Sihem trouve qu'il est blanc comme un linge. Il a l'air d'avoir pris dix ans depuis le début de la visite. Ce n'est pas raisonnable de galoper comme ça, avec sa maladie. Nourredine explique que Serkadji va devenir un musée de la mémoire nationale. Il hausse les épaules et se remet en marche, leur laissant à peine le temps de prendre quelques photos. Ils redescendent vers le marché en empruntant d'autres ruelles. La Casbah ressemble à une ville fantôme. Ils ne croisent que très peu d'habitants. La plupart des boutiques sont fermées et à l'abandon. Nourredine leur a expliqué qu'Alger la Blanche, ça ne vient pas des bâtiments haussmanniens du front de mer, mais des murs de la Casbah peints à la chaux. Les murs sont sales aujourd'hui. Ce pays n'a pas de chance. Il renferme des trésors et personne ne s'en soucie. Nourredine s'arrête devant la cache d'Ali la Pointe et du Petit Omar qui a été dynamitée par les parachutistes français. La maison a été laissée en l'état. Seule la façade, ornée de drapeaux algériens, reste debout. Les murs éventrés crient un conflit qui n'est toujours pas cicatrisé. Revenus au marché, après avoir payé et remercié Nourredine, ils décident d'aller boire un thé à la menthe au café Tantonville avant de rentrer aux Genêts. Sihem sort son carnet, mais Émile lui demande de le refermer. Il a quelque chose à lui dire. Quelque chose d'important. Il lui fait promettre de ne pas le couper avant qu'il ait fini. Sihem referme son carnet. Elle regarde Émile qui a les yeux embués. C'est à peine perceptible mais elle voit que ses mains tremblent. D'abord, je voulais te dire que je t'aime beaucoup. Tu es un rayon de soleil qui est arrivé dans ma vie et sûrement, je ne te mérite pas. Tu me rends moins con et je ne savais pas que c'était possible. Non, ne dis rien. Je t'ai menti. Je suis bien né en 1936 mais ma mère ne s'appelait pas Emiliana. Elle est bien morte quand j'avais deux ans, mais elle ne venait pas du Mexique et n'a pas rencontré mon père dans les Brigades internationales. Lui non plus n'est jamais allé en Espagne et il n'a jamais appartenu à la Résistance. Il a été déchu de ses droits en 1945 pour collaboration. Son père n'a jamais été le nègre d'Henri Barbusse et n'a pas été fusillé pour l'exemple. Il est mort à Verdun comme un con en appelant sa mère. Moi, en Mai 68, je n'étais pas sur les barricades. Pourquoi je t'ai raconté tout ça ? J'ai menti à tout le monde parce que, d'abord, je me suis menti à moi-même. J'ai inventé ce personnage parce que j'avais honte. J'ai toujours été un lâche. Ce passé de révolutionnaire, ça me réparait. Zapata me faisait du bien. J'ai oublié qui j'étais vraiment. Un jour, tu es venue dans ma vie et tu m'as donné ta confiance. J'ai eu honte de te mentir mais je n'ai pas su par quel bout le prendre. J'avais peur que tu ne m'aimes plus si je te disais la vérité. Je suis déjà venu en Algérie. Je te passe les détails mais, en 1957, j'étais dans la Casbah. Ici même. Je ne suis pas fier de ce que j'ai fait mais je ne peux pas revenir en arrière. C'était la guerre. J'étais inculte et on nous apprenait que la France, c'était de Dunkerque à Tamanrasset. J'y ai cru.

J'avais vingt et un, vingt-deux ans. J'ai tué des gens. Pas ici, au piton. Je ne sais pas combien j'en ai tué. On arrivait dans les villages, on jetait des grenades dans les maisons et on finissait le travail au lance-flammes. Parfois il y avait des cris. Peut-être des femmes, des enfants. Je ne sais pas. Je suis rentré en France et j'ai bu pour oublier. J'avais la rage et fallait pas me chercher. J'ai été interné à la maison d'arrêt de Mont-de-Marsan pour bagarres et troubles à l'ordre public. J'étais devenu alcoolique. Ma femme est partie avec mes deux enfants et ils n'ont plus jamais voulu me parler. Je leur ai écrit mais je n'ai jamais eu de réponse. Un jour, je suis allé les voir et ils m'ont dit de ne plus revenir. Ça fait trente-cinq ans. Je ne connais pas mes petits-enfants et je sais que je vais partir sans avoir vu leurs visages. Tu vois, c'est pas glorieux comme histoire. J'ai voulu devenir quelqu'un d'autre parce que, sinon, c'était insupportable. Sans Zapata, je me serais foutu en l'air. La seule chose qui est vraie, c'est que j'ai travaillé sur les chantiers. Mais je suis resté ouvrier, je ne suis jamais passé contremaître. Ce qui est vrai aussi, c'est que même si je t'ai menti, je n'ai pas triché sur mes sentiments. Je te devais la vérité. Je me sens plus léger, même si j'ai peur de ta réaction. Tu es tout ce qui me reste, mais je comprends si tu ne veux plus me voir. Voilà, j'ai fini. Sihem le regarde mais ne dit rien. Quelques minutes passent sans que ni l'un ni l'autre ne prononce un mot. Si tu m'as fait venir ici, c'était pour retourner sur les lieux de tes crimes ? Tu t'es servi de moi ? Il ne cherche pas à fuir son regard. Non, c'était sincère. Je comprends que tu sois en colère. Sihem se lève. Rentrons. Ils remontent la rue Didouche sans se regarder ni s'adresser la parole. Ils dînent avec les autres comme si de rien n'était. Philippe leur demande s'ils sont satisfaits de Nourredine. Ils lui racontent leur journée. Ils se souhaitent la bonne nuit sans s'embrasser et regagnent chacun sa chambre. Émile ignore ce qu'il va se passer maintenant. Mais la honte a disparu. Il est en paix. Il a peur de perdre Sihem mais la vérité est enfin dite. Une fois dans sa chambre, Sihem s'allonge et reste un long moment à ne penser à rien. Elle est étrangement calme. Une heure passe. Elle a mal. Elle est déchirée de l'intérieur. Son monde explose comme la maison d'Ali la Pointe. Elle ne peut pas rester comme ça. Elle panique. Elle ne peut pas rester toute seule. Elle a peur. Elle se sent trop mal. Elle prend son téléphone et appuie sur le numéro. Achir apparaît sur l'écran. C'est un appel vidéo. J'arrive tout de suite. Je serai devant la grille dans vingt minutes. Elle se rhabille. Elle tremble. Elle sort de la chambre et se dirige vers la sortie en traversant le jardin. Elle croise Adriana qui rentre et lui fait un signe de la main. Elle lui rend son salut sans s'arrêter. Elle est dehors. Elle respire. Elle marche vite. Elle court. Achir est là, debout devant la voiture. Elle se jette dans ses bras et éclate en sanglots.

Elle ouvre les yeux la première. Achir dort à ses côtés. Elle revient de l'enfer et se réveille au paradis. Elle se souvient. Ils ont fait l'amour toute la nuit. Elle a surtout fait l'amour pour la première fois. C'était doux. Partagé. Achir a su enflammer son corps sans brûler sa dignité. Il l'a pénétrée et elle a senti en elle une plénitude inconnue jusque-là. Elle aime le savoir au fond de son ventre. Elle le regarde dormir et oublie le reste. Elle est ici et maintenant. Pleinement. Elle l'entend respirer et se dit que la vie est infiniment fragile. Il faut en profiter. La consommer sans modération. Elle lui caresse les cheveux et se colle contre son dos. Elle dépose des baisers sur sa nuque pour le réveiller en douceur. Elle a envie de lui. Encore. Elle a envie de le chevaucher avec frénésie. Elle a envie de sentir à nouveau la fièvre envahir toutes les parties de son corps. Elle a envie de l'entendre râler au moment où il s'abandonne. De le regarder au fond des yeux. D'aller au plus loin de son être. Là où personne n'est allé. Pas même lui. Elle a envie qu'il l'explore et découvre le continent englouti sous la surface. Qu'il en remonte des trésors insoupçonnés. Elle a envie de s'aimer à travers le désir de l'autre. Elle comprend que c'est ça, l'amour. C'est ce que lui a dit un jour Émile. Achir se réveille. Il lui sourit. Ensemble, ils retournent au jardin des délices. Émile est inquiet. Sihem n'est pas venue au petit déjeuner. Elle n'est pas dans sa chambre non plus. Si elle ne revenait pas ? Si elle ne rentrait pas avec lui en France ? Il a provoqué un tsunami dans son crâne. Il tente de se raisonner. Où a-t-elle pu aller ? Elle est peut-être juste sortie marcher pour réfléchir. Faire le clair dans sa tête. Elle n'a rien dit à personne. Guillaume est levé depuis l'aube et ne l'a pas vue. Philippe non plus. Personne. Il doit trouver des subterfuges pour ne pas les affoler. Voilà qu'il se remet à mentir. Pourquoi ne pas leur dire qu'elle a disparu ? Ils pourraient l'aider à la chercher. Il hésite. Il croit qu'elle n'apprécierait pas. Elle le verrait comme une intrusion. Il la connaît. Il pense qu'elle va revenir. Il l'espère. Il pense surtout à son bac. C'est le plus important. Il faut qu'elle rentre avec lui. Même si elle ne lui parle plus. Même si ses révélations ont brisé le fil sur lequel ils tentaient d'avancer comme des funambules. Achir et Sihem regardent l'horizon. Sihem ne se rappelle plus qui a dit qu'aimer, « c'est regarder ensemble dans la même direction ». Ils se tiennent la main et se promettent de se revoir. Achir partira. Il le sait. Il voudrait que ce soit pour retrouver Sihem. Un jour peut-être, il aura son visa. Il trouvera une solution.

Elle a dit qu'elle voulait rester avec lui. Elle ne pourra plus se passer de lui. Elle le sait. Achir a répondu qu'elle devait rentrer en France avec Émile. Selon lui, ses aveux sont une marque de confiance. Achir a dit qu'elle devait travailler. Les diplômes, c'est l'avenir qui se débouche. Elle pourra venir le voir de temps en temps. Elle, elle peut. Ils trouveront une solution. Elle lui prend la main. Elle voudrait que cet instant dure l'éternité. Achir doit partir tout à l'heure. Il doit aller à l'Ouest pour un travail. Il ne lui a pas précisé quoi. Juste qu'il ne pouvait pas annuler pour passer cette dernière nuit avec elle. Ça lui fait mal, mais il n'a pas le choix. Elle lui dit qu'elle a l'impression de le connaître depuis toujours. Il répond que lui aussi. Elle lui dit qu'elle l'aime. Elle rougit. C'est sorti tout seul, sans prévenir. Il lui répond que lui aussi. Il a peur. Peur qu'elle se trompe. Il sait qu'il n'est pas un prince charmant. Elle dit que c'est lui qui se trompe. Ils regardent la mer et elle se blottit contre lui. Serre-moi fort. Plus fort. Promets-moi qu'on se reverra. Jure-le-moi. Il promet. Ils savent tous les deux que les promesses ne comptent pas mais ils en ont besoin pour supporter l'adieu. Il lui demande ce qu'elle veut faire plus tard. Elle dit qu'elle ne sait pas. Être avec lui. Ça, elle le sait. Un tchoutchou maleh plane au-dessus d'eux. Elle voudrait devenir écrivain mais elle ne sait pas si elle en est capable. Elle voudrait avoir des enfants, aussi. En y pensant, elle ne sait pas si c'est un cadeau à leur faire. Il croit que si. Ils rient. Leurs bouches se mélangent. Plus rien n'a d'importance.

Émile s'est endormi après avoir fait un malaise, juste après le déjeuner. Philippe et Guillaume l'ont porté dans sa chambre et ont appelé le médecin. Rien de grave. Il pourra prendre l'avion demain. Dans son rêve, il attendait dans le couloir de la mort. Sa cellule ressemblait à sa chambre des Genêts. Quelqu'un a frappé à la porte et il savait que c'était la fin. Non, ce n'est pas dans son rêve. On frappe à la porte et c'est ce qui l'a réveillé. Il aurait préféré que la faucheuse l'arrache pour de bon comme une mauvaise herbe. Il se lève péniblement pour aller ouvrir. Sa jambe lui fait mal. Il ouvre la porte et Sihem le regarde. Elle lui sourit. Il voudrait parler mais aucun son ne sort. Ses mains se mettent à trembler et les larmes à couler doucement. Sihem tend les mains et il va se réfugier dans ses bras. Les rôles sont inversés. Il pleure comme un enfant et Sihem le rassure. Elle lui dit à l'oreille : Tu avais raison, il y avait quelque chose. Je l'ai trouvé. Grâce à toi. Merci.

Je n'ai pas pu retourner en Algérie. Avec Achir, on s'écrit tous les jours et si on ne peut pas, on est connectés de toute façon. J'ai travaillé comme une acharnée parce que je veux réussir. Je sais bien qu'avoir le bac ne va pas régler tous les problèmes mais ça sera un souci de moins et le début de quelque chose. Je ne sais pas si je serai un jour écrivain mais je tiens à écrire ma vie avec mon style et à y mettre la ponctuation. Je dois beaucoup à Hélène et aussi à Émile. Grâce à eux, j'ai compris que si je fais les choses, c'est d'abord pour moi. Quand on a pris le train ce matin-là, gare de Lyon, je ne me sentais pas triste. Je crois pouvoir dire que je ne me sens plus triste. Ils m'ont appris à être indulgente et à ne pas me flageller du matin au soir en me regardant le nombril. Le train a quitté Paris calmement et le voyage a été tout aussi calme. On avait réservé un carré et je me suis assise à côté d'Émile. J'ai posé ma tête sur son épaule et je lui ai pris la main. Un vrai pot de colle. Je voulais profiter de chaque instant et je crois pouvoir dire que j'ai réussi. La preuve, ils me remplissent encore de joie et me donnent de la force. J'ai gravé ces deux jours dans ma mémoire et ils ne me quitteront plus. Même si je perds la tête. Hélène et Rose étaient assises en face de nous. C'était important qu'elles soient là. Elles n'ont pas beaucoup parlé au début. Ou alors pour dire des généralités. Elles avaient peur de sortir une bêtise. Émile a commencé à blaguer et ça a détendu l'atmosphère. Ça m'impressionnait. Il faut un sacré courage pour faire ce qu'il a fait. Quand il m'a annoncé sa décision, j'ai pleuré, bien sûr. J'ai rué dans les brancards comme d'habitude. J'ai essayé de toutes mes forces de le faire changer d'avis. J'étais un taureau dans l'arène qui souffle des naseaux et gratte le sol avec sa patte avant la charge. Le combat était perdu d'avance parce que sa décision était irrévocable. Il a sorti l'argument qui tue. Il a dit : J'ai raté ma vie mais je veux réussir ma mort. Il m'a expliqué qu'il ne voulait pas être dépendant. Qu'il voulait une mort digne. Pas qu'on l'endorme avec une sédation et finir comme un légume. Il m'a dit qu'il voulait choisir sa mort lui-même et ne pas l'abandonner au pouvoir des médecins. Il m'a dit qu'il avait bien réfléchi et qu'il était serein. La seule chose qui le rendait triste, c'était de ne pas voir mon sourire le jour où j'aurai mon bac. Il m'a expliqué comment ça allait se passer et m'a demandé de l'accompagner. J'ai pleuré encore. Qui n'aurait pas pleuré ? Je lui ai dit que ça me faisait peur, mais que c'était un honneur. Qu'évidemment, je viendrais. Je lui ai dit que j'admirais son courage. Je lui ai dit : Finalement, tu es devenu un vrai révolutionnaire. Le train roulait vers Zurich et le tac-tac des roues sur les rails annonçait l'endormissement final. Émile regardait parfois par la vitre. Je me demandais s'il regardait le paysage ou les souvenirs qui défilaient à toute allure dans sa tête. Est-ce qu'il pensait à sa famille ? Rose m'a dit qu'elle avait téléphoné à ses enfants. Émile n'avait pas voulu les déranger. Il connaissait d'avance la réponse. Un de ses fils a dit à Rose qu'il n'était pas étonné que son père choisisse une mort égoïste. On meurt comme on a vécu. Rose n'en a pas parlé à Émile. Elle s'en voulait parce qu'elle ne lui avait pas demandé son avis. Elle lui en voulait peut-être aussi inconsciemment parce qu'il ressemblait à son mari qui avait abandonné ses filles. S'il rappelait un jour, ce salaud, elle l'enverrait au diable. Elle comprenait la réaction du fils d'Émile. Pourtant elle était là. Dans le train. Avec nous. Avec cet homme qu'elle regardait avec tendresse. On peut être nul avec sa famille et formidable avec des étrangers. Hélène nous a demandé si elle pouvait prendre une photo de nous et je me suis blottie plus fort contre Émile en lui serrant le bras. On a pris aussi des photos de nous quatre, au grand désespoir des voisins. On était comme des gamins à faire des grimaces. On faisait du bruit. Ils n'auraient pas pu se douter qu'on allait au pays d'où l'on ne revient pas. Ils se sont levés en nous jetant des regards noirs et sont allés s'asseoir à l'autre bout du wagon. Tant pis pour eux. On s'est calmés, pas longtemps après. Hélène avait amené une anthologie de poésie et Émile a demandé si elle pouvait nous lire un texte à voix haute. On a écouté religieusement Hélène et j'ai proposé un jeu. Chacun son tour, on devait choisir un poème au hasard et le lire aux autres. Il fallait deviner le nom du poète. Évidemment, Hélène a gagné. Sauf une fois, où j'ai été plus rapide qu'elle. Normal, c'était mon poème préféré. *Il pleure dans mon cœur* de Verlaine. Tout le monde en connaissait au moins un petit bout. J'aimerais bien écrire un jour un livre dont les gens se souviendront. Entrer chez quelqu'un et l'apercevoir sur l'étagère au milieu d'autres livres. Tomber dans le métro sur une personne absorbée par sa lecture. Émile a dit : Les auteurs sont immortels. Je deviendrais immortelle aussi ? Hélène a sorti le déjeuner qu'elle avait tenu à préparer. Elle avait fait une salade fraîche d'endives aux cranberries et des club-sandwichs. Elle avait aussi apporté des chips. De l'eau, et une bouteille de bourgogne. Rose a sorti de son sac une deuxième bouteille de vin en faisant un clin d'œil à Émile. Il a été très touché de cette attention. Après le repas, il a tenu à nous remercier toutes pour notre présence. On a porté plusieurs toasts à l'avenir. C'était dur de ne pas craquer. Moi qui suis restée à l'eau, j'aurais bien bu un coup pour me griser. Il a eu un mot pour chacune. On s'est rappelé des anecdotes de la résidence. Du lycée et de notre voyage en Algérie. C'est fou, ce qu'on a pu vivre en si peu de temps. Émile a dit que j'avais beaucoup changé. Entre l'animal blessé que j'étais la première fois où il m'avait rencontrée et la jeune femme déterminée que j'étais devenue, il y avait un gouffre ! J'ai répondu que c'était parce que j'avais mes anges gardiens. J'ai ajouté : Les anges aussi sont immortels. Les quatre heures de trajet ont passé vite. Je les aurais bien prolongées. On savait tous que l'échéance approchait. Le lendemain à la même heure, Émile serait mort. De la gare de Zurich, on a pris un taxi pour se rendre à l'hôtel. C'était un petit hôtel deux étoiles de base mais agréable. Chacun a rejoint sa chambre et la possibilité, pour un instant, de tomber le masque. Une immense solitude m'a écrasée comme une enclume. J'ai ressenti un grand vide et l'angoisse a commencé à monter. La petite pièce au papier peint bleu s'est transformée en piscine. J'ai dû ouvrir la fenêtre pour évacuer le trop-plein d'eau qui menaçait de me noyer. J'ai inspiré à pleins poumons, plusieurs fois, avant de me calmer. J'ai pris mon téléphone et j'ai envoyé un message à Achir. C'est dur. Tu me manques. Je t'embrasse si fort. Je suis restée longtemps sous la douche. À la fin, je n'ai plus mis que de l'eau froide. J'ai fini par revenir à moi. Je me suis préparée pour la balade au bord du lac. On s'est retrouvées dans le hall et j'ai vu qu'on était toutes soulagées de ne plus être dans nos chambres. On s'était maquillées sans que ce soit trop voyant. Juste assez pour honorer le dîner qui suivrait la promenade. On était belles. Ce serait le dernier dîner. Émile nous a rejointes. Lui aussi s'était fait beau. Il avait mis un costume neuf et une cravate. Voir Émile en costume, ç'a été un choc. Il était magnifique. Ça nous a serré encore plus le cœur.

Ça devait être amusant de nous voir nous promener comme ça le long du lac de Zurich, avec nos beaux habits et nos chaussures de ville. Avec des ombrelles, on serait sortis tout droit d'un roman de Proust. On avait mal aux pieds mais on ne disait rien. Émile avait organisé l'emploi du temps. C'était sa journée. S'il fatiguait, on se reposait sur un banc et on regardait le spectacle. C'était une journée comme les autres avec des enfants qui jouaient au ballon. Des promeneurs qui venaient oublier ou ruminer leurs soucis. Des amoureux qui ignoraient le monde autour d'eux. Les enfants donnaient du pain aux cygnes et aux canards. Les joggeurs nous passaient devant comme les aiguilles d'une montre. Le temps s'écoulait et on ne pourrait pas le rattraper. Émile avait prévu un petit tour en barque. Comme il était trop faible et que je ne pouvais pas faire d'effort, c'est Hélène et Rose qui ont ramé. C'est le cas de le dire. On a ri comme des bossus pour la deuxième fois depuis le départ. Ce n'était pas de trop. Émile jouait au capitaine mais on voyait qu'il ne savait pas non plus comment faire avancer la barque. Les filles ont fini par y arriver tant bien que mal et on a dérivé comme ça un long moment sans se préoccuper de la direction à suivre. Je regardais Émile et lui trouvais un air d'Hemingway. Bourru, mais classe. Il avait l'air heureux comme un pilote de montgolfière qui, pour s'élever dans les airs, se serait délesté un à un des poids de la vie. À un moment, le capitaine a sonné l'heure du retour. Après avoir ramené la barque, on a pris un taxi pour se rendre au restaurant. Émile avait vu les choses en grand. Je n'aurais jamais imaginé un restaurant aussi luxueux. Rien que l'arrivée, on aurait dit un générique de film. On roulait sur une allée en graviers entourée des deux côtés d'arbres gigantesques. On ne voyait pas le bout du chemin parce qu'à un moment, ça tournait. Après le virage, le château se dressait devant nous, majestueux. Intimidant. Un immense escalier en fer à cheval menait à la porte d'entrée gardée par un serveur en livrée. Il portait un nœud papillon. Au bas de l'escalier, un voiturier est venu nous ouvrir la porte et nous guider jusqu'au serveur. Émile a donné son nom. On nous a installés à une table circulaire donnant sur le parc. La salle était immense et la hauteur sous plafond, à donner le vertige. Des lustres en cristal baignaient l'ambiance d'une lumière tamisée. Les jardins étaient somptueux. Ils mariaient avec harmonie le baroque et un aspect plus sauvage. Émile était ravi de nous voir émerveillées. Il avait réussi son coup. Il a commandé une bouteille de champagne et des amuse-bouche. Le sommelier lui a présenté la bouteille. Émile a goûté et fait oui de la tête. C'était la première fois que je voyais autant de serveurs différents pour s'occuper d'une même table. Le sommelier a rempli les verres. J'ai demandé si je pouvais avoir de l'eau pétillante à la place. On a attendu que je sois servie pour trinquer. Émile s'est levé, nous invitant à le suivre. Il a posé son regard sur mon ventre arrondi et a dit : Au futur plus beau bébé du monde ! J'ai porté instinctivement ma main au niveau de mon nombril, paume ouverte. Ils me regardaient d'un air attendri. Ça faisait chaud. J'ai senti des petits coups de pied ou de jambe. Voyant que tout le monde allait se rasseoir, j'ai insisté pour porter un deuxième toast. Il faut que je vous dise quelque chose. J'étais émue et me disais que, surtout, il ne fallait pas flancher. J'avais les jambes qui tremblaient. J'espérais que personne ne s'en apercevait. C'est une fille ! Émile, Hélène et Rose ont applaudi et sont venus m'embrasser pour me féliciter. Alors que chacun regagnait sa place, j'ai tapoté mon verre avec ma fourchette. Je n'avais pas fini. Le son du verre était d'une pureté incroyable. Il y a autre chose que je voudrais vous dire. Aujourd'hui est un jour spécial, alors je peux faire une entorse à la règle et vous annoncer le prénom un peu en avance. Je suis sûre qu'Emilia ne m'en voudra pas et sera ravie et fière de vous avoir pour famille ! Il n'y a pas eu d'applaudissements. Les yeux se sont embués au-dessus des sourires. Je suis allée à mon tour vers Émile et je l'ai pris dans mes bras en le serrant comme un koala. Il n'y avait pas besoin de mots. C'était un moment de grâce. Quand ça va pas, j'y repense et ça repart. J'ai regagné ma place. Émile s'est assis en nous invitant à faire de même. Il m'a regardée avec une intensité et une douceur que je n'oublierai jamais. Je ne sais pas si je l'ai mérité, mais ça me touche infiniment. Merci du fond du cœur. Merci à toutes d'être là. Pour ne pas nous laisser le temps de répondre, il a fait signe au serveur qui attendait patiemment afin de ne pas rompre un moment d'intimité. Ça a été un festin de roi. Rien que de voir la carte, ça donnait le tournis. Émile, Hélène et Rose ont commencé par une entrée de foie gras poêlé et sa tuile de pain grillé, accompagnée d'un vin blanc de quinze ans d'âge. Comme je ne pouvais pas en manger, j'ai opté pour le mikado d'asperges blanches au citron et à l'orange sanguine. Ils ont continué par un plateau de fruits de mer à plusieurs étages qui m'a fait sacrément envie. Je n'ai pas été en reste puisque je me suis régalée avec un pigeonneau de Vendée et ses légumes de saison confits. Je ne sais pas encore comment on a pu avaler tout ça alors que juste avant, on avait l'estomac serré. Émile savait que le plaisir des yeux ouvre l'appétit. Je ne sais plus combien de régions françaises et de cantons suisses étaient présents sur le plateau de fromages, mais c'était dingue. Il va sans dire que les vins étaient différents pour l'entrée, le plat et le fromage. Pour le dessert, on a opté pour un assortiment de macarons aux parfums originaux et une glace meringuée maison au Grand Marnier. Émile avait l'air comblé. Après le digestif, au moment de partir, il a demandé la carte du restaurant et me l'a donnée. Tu pourras la mettre dans la boîte. Elle est à toi. Vous lui donnerez, Rose ? Rose a fait signe que oui. Je n'ai pas su quoi dire. Je lui ai simplement fait la bise. Je lui ai donné la main pour rejoindre le taxi. Je pioche régulièrement dans la boîte à la recherche d'un souvenir. Ça me fait du bien. Je le revois, en face de moi, qui me raconte ses aventures. C'est précieux. Une fois rentrés à l'hôtel, Émile nous a dit qu'il était fatigué et que ce n'était pas encore le moment des adieux. Le lendemain, il faudrait se lever tôt. On l'a toutes remercié pour cette magnifique journée. On a regagné nos chambres et j'ai retrouvé le papier peint bleu. La télé accrochée au mur et les rideaux fleuris. J'ai regardé mes messages et suis tombée sur une photo que m'avait envoyée Achir. Il posait devant l'objectif, fier. Il tenait des petits chaussons tricotés trop mignons dans les mains. Le texte disait : Je vous aime toutes les deux. J'ai tenté un appel vidéo mais il n'était pas là. Je ne savais pas comment j'allais pouvoir dormir. J'ai regardé la télé. Sur le câble, ils diffusaient *Johnny Guitare*. Je ne savais pas qu'un western pouvait être féministe. J'ai trouvé qu'avec Hélène et Rose, on avait des points communs avec l'héroïne. Le film s'est terminé. Il était deux heures du matin. J'ai senti l'angoisse revenir. Je suis allée ouvrir la fenêtre de ma piscine. J'ai essayé de respirer mais il n'y avait rien à faire. Toujours pas de réponse d'Achir. J'aurais eu besoin de l'entendre. Il devait dormir à cette heure-là. Je suis sortie de la chambre et suis allée toquer à la porte d'Hélène. Tant pis si je la réveillais. Il fallait que je parle à quelqu'un. Personne n'a répondu. Je suis allée toquer chez Rose. Elle n'a pas ouvert non plus. Je suis retournée dans ma chambre pour mettre mes chaussures. Marcher me ferait du bien. En traversant le hall, je les ai vues. Hélène et Rose discutaient dans le petit salon de l'hôtel. Elles aussi faisaient une insomnie. Je les ai rejointes et me suis effondrée dans leurs bras. Je n'avais jamais fait autant de câlins. Maintenant, je n'hésite plus. Ça répare plus que les mots. Ce soir-là, Hélène m'a autorisée à dormir avec elle. Un rayon de soleil nous a réveillées avant l'heure. C'était une belle journée de printemps. Malgré la tristesse, on a ressenti une joie intense d'être en vie. Je suis retournée dans ma chambre pour me préparer. Je suis descendue prendre mon petit déjeuner. Rose était déjà là. Je n'ai pas touché à mon croissant ni à mes tartines. Elle non plus n'avait touché à rien. J'ai avalé un café chaud, puis un autre. Rose m'a demandé si ça allait. J'ai dit que oui. Elle m'a dit qu'Émile allait beaucoup manquer aux résidents. À elle aussi, bien sûr. J'ai ajouté qu'il allait nous manquer à tous. Elle a dit que c'était la première fois depuis qu'elle était directrice que quelqu'un optait pour le suicide assisté. Pardon : pour l'accompagnement à mourir dans la dignité. Elle n'a rien dit d'autre. Le silence qui a suivi était digne, lui aussi. Il fallait être à la hauteur du courage d'Émile. Ne pas étaler nos états d'âme. Hélène nous a rejointes. Elle non plus n'a pas mangé. Le chauffeur de taxi nous attendait en fumant une cigarette sur le perron de l'hôtel. On s'est assises toutes les trois à l'arrière. Pendant toute la durée du trajet, on ne s'est pas lâché la main. Émile allait au rendez-vous de son côté. Avant, il avait une entrevue avec le médecin. La petite maison était en dehors de la ville, entourée d'usines et de hangars industriels. Au début, ça nous a fait froid dans le dos. En fait, on ne la voyait pas de la route parce qu'elle était cachée par une rangée d'arbres. L'association avait choisi cet endroit discret parce qu'en ville, ça aurait créé des tensions. La maison était moderne. C'était un cube métallique bleu. Derrière, un jardin paisible et une autre rangée épaisse d'arbres la séparaient de l'autre route. Le taxi nous a déposées et donné rendez-vous une heure plus tard. Comme prévu. Une heure plus tard, ce serait fini. On a frappé à la porte et une femme aux cheveux blancs d'une soixantaine d'années nous a fait entrer. Elle faisait partie de l'association. Comme son collègue qu'on apercevait fumer sa pipe à travers la baie vitrée donnant sur le jardin. Émile n'était pas encore arrivé. L'intérieur de la maison était assez impersonnel mais confortable. Au mur, des tableaux de paysages ou de pots de fleurs comme à l'hôtel. La pièce principale était très grande et aménagée en deux espaces. D'un côté, un coin cuisine et une grande table ronde. De l'autre, un canapé et une autre table plus petite. La femme nous a proposé un café ou un thé. On a refusé poliment. Quelques minutes interminables se sont écoulées à regarder dans le vide ou à dire des banalités. Alors Émile est arrivé. Il était accompagné d'une troisième personne. On a compris tout de suite qu'il voulait prendre la direction des opérations. Ne pas se laisser déborder. Il nous a embrassées avec chaleur. Sans trop parler. La femme nous a fait asseoir autour de la grande table ronde. Émile a accepté volontiers un café. Après quelques mots polis et informels, elle lui a demandé s'il était toujours décidé à mettre fin à ses jours. Il a dit que oui, bien sûr. Elle s'est excusée du côté protocolaire de la procédure et lui a fait signer une déclaration confirmant qu'il était maître de sa décision. Elle a expliqué comment les choses allaient se dérouler. Il allait d'abord prendre un anti-vomitif pour empêcher son estomac de recracher la solution létale qu'il ingurgiterait quelques minutes après. Elle a expliqué qu'il tomberait dans un sommeil profond, puis que sa respiration s'arrêterait. Enfin, le cœur cesserait de battre. Elle lui a dit que la solution létale étant très acide, il serait bon que, juste après l'avoir bue, il mange un carré de chocolat. L'homme à la pipe a déposé plusieurs plaquettes sur la table. Émile a choisi le noir 75 % de cacao. Il nous a regardées et a souri. Il a demandé à la femme si on y avait droit aussi et elle a répondu que bien sûr, avec plaisir. On s'est toutes les trois forcées à avaler un carré. J'ai choisi celui à l'orange. Depuis, je ne peux plus en manger. La femme a redemandé si Émile était sûr de sa décision. Elle a demandé s'il avait conscience qu'il n'y avait pas de retour possible. Émile a dit que oui. Il a dit qu'il était pressé maintenant d'en finir. La femme a hoché la tête et s'est levée pour préparer le médicament. Émile a balayé la table du regard et nous a souri. Ne soyez pas tristes. Je suis content de partir. J'avais envie de hurler que je serais si heureuse qu'il reste mais je n'avais pas le droit d'être égoïste. C'était sa vie. Un jour, dans son studio, il m'avait dit : Aboutir sa vie, c'est mieux que la finir. Dans aboutissement, il y a réussite. La femme est revenue avec un grand verre qu'elle a tendu à Émile. Il a bu d'un trait sans réfléchir. Elle a dit que c'était le moment de faire ses adieux. Émile s'est levé péniblement et a embrassé Hélène. Il lui a murmuré quelque chose que je n'ai pas entendu. Je voyais que pour elle, c'était difficile. Elle faisait oui de la tête mais elle n'a pas parlé. Émile a embrassé Rose qui n'a pas pu retenir une larme. Il a séché la larme avec son pouce et lui a fait un clin d'œil. J'ai entendu : Dites à Raymonde que je ne suis pas pressé de la voir ! Rose a souri. C'est lui qui allait mourir et c'est lui qui nous réconfortait. Il est venu me voir, a pris mes mains dans les siennes et m'a regardée un long moment dans le fond des yeux. Il n'a d'abord dit qu'un mot. Merci. Ça m'a remplie dans tout le corps. J'avais envie de rire tellement ça me faisait du bien. Après un silence pendant lequel on ne s'est pas quittés du regard, il a ajouté : Emilia a la plus belle maman du monde. Soyez heureux tous les trois. Émile a cherché la femme du regard. Elle a acquiescé d'un mouvement de tête et est venue lui prendre le bras. Elle l'a guidé jusqu'au canapé où il s'est assis tranquillement. Elle a pris une chaise et s'est assise à sa gauche. La personne qui avait accompagné Émile nous a installées à la petite table, en face du canapé. Il a déposé dessus une boîte de mouchoirs en papier. L'homme à la pipe s'est placé de façon à pouvoir filmer les derniers instants sans nous gêner. La femme nous avait expliqué plus tôt que c'était une précaution juridique. Elle a demandé une dernière fois à Émile s'il voulait mourir. Il a répondu oui. Sans l'avoir prémédité, je me suis levée et suis allée m'asseoir à côté de lui sur le canapé. La femme a interrogé Émile du regard. Il a fait oui de la tête en me regardant. Je lui ai pris la main. La femme a tendu à Émile la solution létale. Je savais, pour l'avoir lu, que c'était un barbiturique. Elle lui a souhaité bon voyage et il a bu. Il a fait une petite grimace à cause du goût. La femme lui a donné le carré de chocolat. Elle lui a essuyé le menton avec un mouchoir parce qu'en avalant, il avait bavé légèrement. Il s'est tourné vers les personnes de l'association et les a remerciées pour leur soutien. Il s'est ensuite adressé à Rose, Hélène et moi : Le vieux Charlie est fier de ses drôles de dames ! Merci encore. Je vous aime. Soyez heureuses ! On l'a remercié aussi et on lui a souhaité bon voyage. Tout est allé très vite. J'ai senti une pression de sa main sur la mienne. Émile a été secoué de petits spasmes et a poussé quelques râles à peine audibles. Je n'oublierai jamais ce moment. Il s'en allait et je l'accompagnais sur le chemin comme un père amène sa fille à l'autel le jour de son mariage. Il n'y a pas de mots. Émile s'est endormi. Il a ronflé quelques instants. Je serrais sa main pour ne pas le lâcher avant qu'il soit arrivé. Je serrais mais pas trop fort pour ne pas lui faire mal. Même s'il ne sentait plus rien. Il a cessé de respirer. Le cœur s'est arrêté de battre et sa tête a penché de côté pour se caler contre la mienne. C'était fini. Au moment où la vie l'a quitté, une flamme s'est allumée dans mon corps et celui de ma fille.

Rose avance à une cadence soutenue sur la route Robert-Joly. Les chênes majestueux se succèdent, formant cette haie d'honneur qui chaque fois la rassure. Ils lui procurent une sensation d'importance. Être attendue au bout du chemin. Le parfum enivrant des pins emplit ses narines et ses poumons. Elle se purifie. La fraîcheur de la forêt la nettoie de l'intérieur. Ses chaussures écrasent parfois des brindilles de bois mort ou un tapis de mousse. Aujourd'hui, on voit la lune en plein jour. C'est bon de l'observer si loin et de la sentir autour du cou. Rose pense à Jeanne et à sa grand-mère Mathilde. Elle leur demande si Émile ne fout pas trop le bordel, là-haut. Elle rit de parler toute seule mais il n'y a que les arbres pour l'entendre. Elle a besoin de faire une pause. Elle accélère le pas pour arriver plus vite. Elle a l'habitude de s'asseoir là. C'est son rituel. Ce n'est qu'une vieille souche oubliée entre deux châtaigniers, mais c'est la sienne. De là, elle a une jolie vue sur une petite clairière. Elle est arrivée.

Elle boit quelques gorgées à sa gourde. Elle attend que son rythme cardiaque se stabilise. Elle s'installe sur la souche et considère la scène. Une mésange bleue se pose sur une branche. Elle émet un petit sifflement. Une réponse, puis une autre surgissent du feuillage d'un hêtre. Rose est aux premières loges pour assister au concert. Hélène a fait une exception cette année. Elle est retournée pour un long week-end à Ouessant et a emmené sa famille. Ils ont loué un plus grand gîte qui appartient aux mêmes propriétaires. Elle n'est pas dépaysée. Le mois de septembre touche à sa fin. La rentrée est à peine commencée mais elle est déjà fatiguée. Ce matin, ils ont acheté du maquereau frais qu'elle a préparé en papillote. Elle est heureuse de les avoir là, à ses côtés. Bientôt, ses enfants vont s'envoler. Elle a eu besoin de les couver dans son nid une dernière fois. Après le déjeuner, ils ont fait le tour de l'île à vélo. Plus tard, elle est retournée seule à la pointe de Pern. Elle a besoin de ce moment pour elle. Juste pour elle. Faire le vide avant de le combler. Elle regarde le phare de Nividic et le ressac hypnotisant des vagues qui se brisent sur les rochers. Le vent se lève et cingle ses joues qui rougissent. Elle pense à Sihem qui a dû accoucher maintenant. Elle pense à Émile qu'elle a vu mourir. Dans son esprit, le vieil homme s'est juste assoupi. Il aurait été tellement fier de voir Sihem reçue au bac avec mention bien. L'océan s'agite. Le soir commence à tomber. Un goéland passe et disparaît. Emilia dort contre son sein. Elle a ses petits poings serrés. Ce sera une révolutionnaire ! Voilà deux jours maintenant qu'elle est venue au monde. Ce moment a été le plus beau de sa vie mais elle n'a pas pu le partager avec Achir. Il n'a pas eu son visa. Elle pensait qu'avec un enfant qui allait naître en France, il aurait pu venir assister à l'accouchement. Obtenir un certificat de résidence pour raisons familiales. Les autorités ont refusé. Elle est en colère mais elle ne veut pas que sa colère prenne le pas sur la joie. Achir verra bientôt sa fille. Ça va s'arranger. Il ne veut pas qu'elles viennent en Algérie. Il veut venir en France. Sihem est inquiète parce qu'il ne répond plus à ses messages depuis une semaine. Ça ne lui ressemble pas. Elle regarde sa fille et trouve qu'elle a les traits de son père. Elle est belle. Bientôt, elle aura des nouvelles. Tout va s'arranger. Achir doit avoir une bonne raison. C'est un homme bien. Ce sera le meilleur père du monde. Quand ça ira mal, il les emmènera dans son arche de Noé. Ensemble, ils affronteront la tourmente. Sihem n'a pas peur. Elle est forte. Elle dépose un baiser sur le front de sa fille. Ferme les yeux et s'endort. La tempête menace de renverser le canot qui déjà manque de sombrer sous le poids des hommes serrés les uns contre les autres. La peur se lit sur les visages éclaboussés d'écume et pourtant ils sourient. Mieux vaut nourrir les poissons que dépérir lentement sur la terre. La jeunesse de leur pays coule comme les gouttes d'un tuyau percé. L'avenir depuis longtemps s'est exilé sur la rive opposée. Certains disent qu'il n'est pas rose, mais il vaut mieux que l'ennui et le carcan des traditions qui pressent comme un étau. La vague qui se forme et avance droit sur eux ne manquera pas de les briser aussi. Au moins, ça ira vite. Ce sera moins long qu'une vie à attendre ou à courber l'échine. Au moment où la vague s'apprête à engloutir leurs rêves, Sihem se réveille en sursaut au milieu des draps trempés de sueur.

Remerciements

Si certains traits des protagonistes de ce roman sont inspirés de personnes réelles, ils n'en demeurent pas moins des personnages de fiction. Ils sont, tout comme les événements qu'ils traversent, le fruit de ma seule imagination.

Je tiens à remercier ici celles et ceux sans qui cette histoire n'aurait probablement jamais vu le jour, sans pouvoir toutefois les citer tous.

Sophie, d'abord, parce qu'ensemble, tout devient possible.

Les élèves et enseignants du Microlycée de Vitry-sur-Seine au sein duquel j'ai eu la chance de mener de nombreux projets culturels, en particulier Johara, et surtout et pour tout, Florence.

Les habitants des résidences autonomie de Vitry et leurs directrices Sandrine, Karelle et Valérie, avec mention spéciale à René.

Mes anges gardiens en Algérie : Abderrahmane, Aïni, Anis, Abdelaziz, Djamila, Dora, Guillaume, Insaf, Kawtar, Mahmoudi, Mouna, Mourad, Sadek, Safir, Sihem et Zoubida.

L'équipe du théâtre Jean-Vilar de Vitry, et tout particulièrement Catherine.

Le service livre de la région Île-de-France.

Camille qui m'a permis de me retirer afin d'écrire au calme dans son nid au bord de la mer.

Béatrice et les Hugo retrouvés.

Isabelle et Julia pour leur enthousiasme de la première heure.

Mon éditrice Bénédicte et toutes les personnes qui ont travaillé sur le livre aux éditions du Seuil.

Et bien sûr, toutes celles et ceux qui m'ont transmis, volontairement ou sans le savoir, une part de ce que je suis.

RÉALISATION : NORD COMPO À VILLENEUVE-D'ASCQ
ACHEVÉ D'IMPRIMER SUR ROTO-PAGE
PAR L'IMPRIMERIE FLOCH À MAYENNE
DÉPÔT LÉGAL : JANVIER 2020. N° 143425 (95336)
Imprimé en France